8:€
7€
10.€
7€
8.€
10.€

てのり彼氏 ～花の蜜で愛撫～

AMI SUZUKI
鈴木あみ

Illustration
Ciel

SLASH
B-BOY NOVELS

この物語はフィクションであり、実際の人物・
団体・事件等とは、一切関係ありません。

CONTENTS

てのり彼氏

「よっ」

陽《ひ》が暮れる頃、香《こう》が店で花の世話をしていると、毎日のように顔を出す男がいる。

春日井《かすがい》鶯生《おうしょう》という。香の幼稚園時代からの幼なじみだ。

挨拶《あいさつ》だけで立ち去ることもあれば、そうでないこともある。今日は、そうでないほうらしい。

「花束つくってくれる？」

と、彼は言った。

香はちら、と彼に視線を投げた。やや長めのさらっとした髪に、甘く整った顔が、頭ひとつばかり上にある。

「こんどはどんなのだよ？」

「清楚《せいそ》な感じの。あとはおまえに任す」

香は吐息《といき》をついた。

「また別の子か」

容姿端麗で背も高く頭もいい鶯生は昔から——それこそ幼児の頃から女の子によくもてていたけれども、有名な一流企業に就職してからはなおさらだった。

本人の来る者は拒まない性格もあって、しょっちゅういろんな子とデートをしているようだ。

それぞれの相手と一応つきあっているのか、ただ会っているだけなのかは、香にはよくわからない。

どっちにしろ、いい加減なことには間違いないけれども。

(ま、お得意様だからかまわないけどさ)

鶯生はデートのたびに、香の経営するこのフローリスト小崎《おざき》で花束を注文してくれるのだ。

そして出来上がるまで、他愛もない無駄話をする。

「今度の子も凄《すご》い可愛《かわい》いよ」

「このあいだもそんなこと言ってなかったか?」

香は白い花を見つくろいながら言った。

(今朝は白薔薇《しろばら》のいいのが入ったんだよな。こいつにはもったいないくらいだけど、お得意様には違いないし)

それに花束を持った姿が、これほど似合う男も滅多にいないと思うのだ。今だって、店の花に囲まれているのが、ひどく絵になっている。いっそ誰にも贈らずに、ずっと自分で持っていればいいんじゃないかと思うほど。

「そうだっけ?」

悪びれない鶯生を見ていると、ついまた吐息が漏《も》れそうになる。

「まったく、いい加減ひとりに落ち着こうとか思わないのかよ?」

「女の子は花だろ。それぞれに綺麗《きれい》だし、綺麗なものは愛《め》でてあげないと」

この調子で、どれほど多くの花から花へと飛び回ってきたんだろう。

鶯生のいい加減な恋愛観で、女の子を花に喩《たと》えてもらいたくない。

「そういうのは愛でるって言わねーよ。花を綺麗に咲かせるのって、大変なんだからな」

自分の家で栽培しているわけではないが、花農家の苦労は見聞きしているし、仕入れてきた花をどれだけ美しく、長く咲き誇らせておくかという点では、香もずいぶん心を砕いているのだ。

「おまえのは美味《おい》しいとこどりしてるだけだろ。誘われたら誰とでもデートするけど、自分からは一回だって本気で誰かを好きになったことないくせに、花にも女の子にも失礼なんだよ」

「お得意様に向かってひどい言いようだな」

「……別に、もっと女の子を大事にしてやれって言ってるだけだ」

大事にしてない、わけではないんだろうけど。

毎回のように花をプレゼントするなんてなかなかできることじゃないし、やさしくエスコートしている姿だって想像がつく。

ただ「誰にでも」というところがひっかかるだけで……。

とはいうものの、心を入れ替え、ただひとりだけに夢中になって、毎回同じ女の子のイメージで花束を注文する鶯生は……、

（……想像できない）

というか、そうなれば満足なのかと言われると……。

（いや、満足も何も、俺には本来関係ない話だし）

「女の子を大事に、ね」

鶯生の声がわずかに低くなる。こういうとき、彼は密かに不機嫌なのだ。幼児の頃からの長いつきあいだから、知ってる。

よけいなことを言わなきゃよかった、と思ったが、後の祭りだった。

「十分大事にしてるつもりだけど？　花の世話しか能がないおまえには、女の子のことはわからないだけじゃね？」

「……！」

鶯生の言葉は、香の胸に深く突《つ》き刺さってきた。

もてないことや、女性に慣れてないことを揶揄《やゆ》されたからじゃない。

（……花しか能がないのも、本当のことだけど）

……でも、そもそも香が実家の花屋を継ぐことに決めたのは、鶯生が褒めてくれたからなのに。

泣きたいような気持ちになりながら、香は出来上がった花束を、鶯生に押しつけた。

「ほら、これ持ってさっさと行けよ」

「香」

言い過ぎたと思ったのか、鶯生がやや慌てたような声で名を呼んでくる。香はそれを無視した。

ちょうど入ってきたほかの客に声をかける。

「うかがいましょうか？」

「あ、はい。アレンジメントお願いしたいんですけど……」

背後で鶯生の舌打ちが小さく聞こえた。

彼は会計台に代金だけを置いて、大股《おおまた》に店を出ていった。

1

「いらっしゃいませ……！」

店に入ってくる客の気配に、香は振り向いた。

立っていたのは若い女性で、少しだけ肩が落ちる。

（……あいつ、今日は来ないのかな）

いつもなら、もうとっくに顔を出していてもいい頃なのに。

残業だろうか。それとも朝も通りかかる姿を見かけなかったから、別のルートで通勤したのかもしれない。

（……まあ、もともと道はいくつもあったんだけど）

そんなに怒らせてしまったのだろうか、と思う。

（でも、あれはあいつが悪いんだし……！）

でも。

毎日会うのがあたりまえだったのに、鶯生が通勤経路を変えただけで、顔を見る機会さえなくなる。

携帯電話の番号を知ってはいるけれども、ほとんど毎日のように会っていたから最近は掛けたことがないし、今さら理由もなく掛けられない。

（……っていうか、別に会いたいとか話したいとか思ってないし、あんなやつ……！　人をばかにして、俺だってまだ怒ってるんだからな……っ！）

そう思う傍《そば》からため息が出る。

どんなに仲のいい幼なじみでも、大人になれば関係は希薄になっていくものだ。今まで鶯生が毎日立ち寄ってくれていたことのほうが、普通ではなかったのかもしれない。

考えたこともなかった繋《つな》がりの儚《はかな》さに、香は初めて思い至っていた。

ふいに店の電話が鳴り、香ははっと我に返った。

「お電話ありがとうございます。フローリスト小崎です」

花束の注文だった。

「誕生日パーティーにサプライズプレゼントで、ピンクの薔薇二十六本、すぐに配達、と」

受話器を置いて、注文票に記入する。

繁華街に店を開いているせいか、夜遅い注文も多い。予約の場合も、こうして飛び入りで入ることもだ。

(二十六……同い年か)

薔薇を数えて抜き、纏《まと》めてリボンをかける。店員は他にいないので、店では花束もアレンジメントも、香がひとりでつくっていた。

(よし、綺麗だ)

できばえを確認する。

いつもは提携してある業者に配達だけ依頼しているが、時間的にそろそろ店を閉める頃合いだ。

(すぐ近くだしな)

香はシャッターを下ろし、店の車に乗って自分で配達に出た。

そして無事花束を客に届け、その帰り道のことだった。

(あれ……お祭りでもやってるのか?)

神社の前を通りかかり、香はふと目を留めた。

そもそもこんなところに神社があっただろうか。

来るときにも見たのかどうかよく思い出せないが、長い石段のずっと上のほうまで、両側に提《ちょう》灯《ちん》が点《とも》されている。境内《けいだい》にはなんとなく人の気配があるようだ。

(こんな時間までやってるのか)

ふと、興味を惹かれてしまう。

禁止区域でないことを確認して駐車し、香は車から降りた。

そして階段を一番上まで昇り詰めると、祭りが華やかに盛り上がっていた。

(わあ……ひさしぶりだ、こんな感じ)

境内に、たくさんの出店が出ていた。綿飴《わたあめ》、イカ焼き、たこ焼き、ヨーヨー釣《つ》り。

夜更《よふ》けにもかかわらず、人出もあって賑《にぎ》わっている。

食べ物のいい匂《にお》いに、急に空腹を覚えた。そういえば、夕食のあと何も口にしていなかった。

いつもなら帰宅してから軽く夜食を取ったりするけれど、どうせならここで何か食べて帰ってもいい。

香は片っ端から出店を冷やかし、買い込んだ。

けれどもいざ食べようとすると、あまり食は進まなかった。なんだか、胸がつかえたようになってしまって。

(こんなの、いつもならあっというまに平らげるのに)

ふと気づけば、香は境内の外れまで歩いてきていた。さっきまで周囲には多くの人がいたのに、いつのまにか誰もいなくなっている。

……と。

「ちょっと、そこのあなた」

「……？」

「そう、あなた」

ふいに声をかけてきた老婆《ろうば》がいた。

彼女は黒い服に黒い布を被《かぶ》り、小さな机を前にして座っていた。その机の上には、大きな水晶玉がある。

一目で占い師だとわかった。

フードに隠れた顔を見れば、どことなくユーモラスで、ネズミに似て見える。

（……って、何考えてるんだ、俺）

彼女は再び口を開いた。

「何か悩んでいることがあるでしょう」

「えっ」

ぎくりと心臓が跳ねた。鶯生のことを言い当てられたのかと思ったからだ。

「い、いや……悩んでるってほどじゃ……」

そう、鶯生が顔を見せなくなったくらいで悩んだりしない。もともとあれはあいつが悪いんだし、別に気にしてなんか。

「大切な人と仲違《なかたが》いしたのでは？」

「えっ……!?」

更に鼓動が跳ね上がった。

そこまで言い当てるなんて、もしかしてこの人は、本物の魔術師か何かなんじゃないだろうか
……！

（い、いやまさか。そんなはずないだろ、偶然だ、偶然）

そう思おうとはするものの、

「お座りなさい」

という言葉に、香は逆らえなかった。

彼は粗末な椅子《いす》に、すとんと腰《こし》を下ろした。


「……っくしゅ」

ひどい寒気を感じて、香は目を覚ました。

鳥肌《とりはだ》の立った腕を擦《さす》りながら起きあがり、服を着ていないことに気づいて愕然《がくぜん》とする。

(な、なんで俺、裸なんだ……!?)

あたりを見回せば、どことなく見覚えのある布の山がある。端を引っ張り、観察してみて、更に驚いた。

(これ、服……!?)

しかも物凄く大きい。

否、服だけではなかった。周囲の景色、樹や、鳥居や、何もかもが恐ろしいほど巨大だった。

というより、

(俺が小さくなってる……!?)

香は小さく——小さく、小さくなって、サイズが合わなくなって脱げてしまった自分の服の山の中に、すっぽんぽんで埋まっていたのだった。

占い師の老婆も、そのブースもなくなっている。祭り自体が終わってしまったようで、境内は無人だった。

何が起こったのか理解できずに、呆然《ぼうぜん》と座り込む。

そんな香を現実に引き戻したのは、携帯の着信音だった。

香は激しく動転したままで、慌てて携帯を探した。

自分の穿《は》いていたジーンズの尻《しり》ポケットに入っているのを発見し、苦労して抜き出す。けれども音は途中で切れてしまった。

(……でも、これで誰かにたすけを求めれば)

そう思いつき、小さな身体で携帯をなんとか開こうとする。

だが、どうしても上手《うま》くいかなかった。未《いま》だにガラケーを使っていた自分を、香は呪った。スマートフォンだったら、この身体《からだ》でもぴっぴっと簡単操作ができたはずだったのに……!

(って、問題はそこじゃない)

携帯を使えたとして、いったい誰にたすけを求めたらいいのか。

香の胸に浮かんだのは、ただひとりの男の顔だった。

(……鶯生……)

昨日の今日で、彼に頼るのは、少し悔しい。

それに何より、彼はたすけてくれるだろうか。つい昨日喧嘩《けんか》したばかりなのに? 今日は店にも来なかったのに。

けれども親は既になく、兄弟もいない。香は鶯生の他に、誰も思いつくことが出来なかった。

(あっ……!)

苦労の末、ついに携帯が開きかけた。

だがそう思った瞬間、バネが戻ってしまう。画面部分が閉じて身体の上にのしかかってきた。

「うあっ!!」

操作部分とのあいだに挟まれて、香は死ぬかと思った。

「痛たた……っ」

ようやく必死で這《は》い出す。

そのときだった。

香めがけて急降下してくるカラスの嘴《くちばし》が目に飛び込んできたのだ。ピカピカ光る携帯の画面が、カラスの目に留まってしまったのだろうか。

「ひいいっ」

本当にそんな悲鳴が漏《も》れた。

(鳥って鳥目なんじゃなかったのかよ……!?)

どうやら、都会のカラスは違うらしい。

目の前に迫ってくるカラスは怖い。

近頃のカラスは大きくて、人として普通の大きさをしていたときでさえ、たまに怖く感じるくらいだった。なのにリカちゃん人形サイズになってしまえば、その比ではない。

香は自分の服も携帯も放って逃げ出した。

走って走って、でもたまに背中をつつかれてしまう。遊ばれているのかもしれないが、もし咥《くわ》えて舞い上がられて、そのうえ放されでもしたら、一巻の終わりだ。

香は必死で走り、どうにか水の枯《か》れた側溝の中に飛び込んだ。蓋《ふた》の下に潜り込んでしまえば、カラスも追っては来ないだろう。

そう思ってほっと息をつく。が、ふいに背後に視線を感じた。

恐る恐る振り返る。

「ひゃあああっ……!!」

よく光る二つの瞳が、香を見つめていた。

「ね、ネズミ……っ!!」

東京に生まれ育って二十六年、今まで見たこともなかったドブネズミなんかと、よりにもよって何故《なぜ》、小さくなったこの日に対面しなければならないのだろう。

(しかもなんか大きいし！　俺より大きいし……!!)

都会のドブネズミは大きい、と聞いてはいたけれども。

香はじりじりと後ずさった。そしてくるりと踵を返し、一目散に側溝の中を走り出す。

「あっ……」

側溝はそのまま、境内から降りる石段の脇《わき》の溝まで繋がっている。

それに気づいたと同時に、香は溝を転がり落ちていた。

(ああ……なんでこんなことに)

走馬燈《そうまとう》のように、脳裏《のうり》を記憶が駆けめぐった。

——ちょーっと自分がもてるからって偉《えら》そうに
占い師に問われるままに、香は愚痴《ぐち》を零《こぼ》したのだ。

——昔はあんなんじゃなかったのに……

占い師というのは、一種のカウンセラーのような役割を果たすものだ、と昔聞いたことがあったけれども、彼女は聞き上手《じょうず》で、香はいつのまにか鶯生との思い出まで話していた。

昔は、香は家業の花屋が嫌だったのだ。

——将来は花屋になるのかよ、男のくせに花屋なんて格好悪い……！

などと揶揄《からか》われることも多かったからだ。

でもある日、小学校の授業で香が育てていたチューリップの鉢《はち》を見て、鶯生が言ったのだ。

——さすが花屋の息子だけのことはあるよな。おまえの花、すっげーきれい。おまえはきっと緑の指を持ってるんだな
——みどりのゆび？

——童話で読んだ。その指でさわると綺麗な花が咲くんだ

そう言って、鶯生は香の手を握り、美しい顔でにっこりと笑った。

成績も運動もぱっとしなかった香にとって、誰かに褒められたのは、このときが初めてだったのだ。

この日から香は、花が大好きになった。

(……なのに、あいつは)

——花を育てるしか能がないおまえには、女の子のことはわからないだけじゃね？

香にとって、鶯生にだけは言って欲しくなかった言葉だった。

(どうせあんな子供の頃のこと、あいつは覚えちゃいないんだろうけど)

香の話をじっと聞いていた占い師は、

——なるほど。では、おまえにいいものをあげよう
そう言って小さな硝子《ガラス》の壜《びん》を取り出した。

——なに、これ？

——願い事が叶《かな》う薬だよ。願い事を心に念じながら飲んでごらん
胡散臭《うさんくさ》い。

と、勿論《もちろん》思った。普段なら、絶対に飲まなかったはずだった。なのにそのときは、何故だか催眠術にかかったようにふわっとなって、それを口にしてしまったのだ。

（鶯生に思い知らせてやりたい）
……って、何を？
思い出せないままに、香は意識を手放していた。

2

「……ん……？」

身体のあちこちが痛い……と思いながらうっすらと瞼《まぶた》を開けると、見覚えのある切れ長の目がいきなり大写しになって、香は飛び起きた。

「鶯生……っ！」

正確には飛び起きようとした。その途端、痛みに悲鳴をあげて、再び横たわる。

「……気がついた？」

降ってきた声も、聞き覚えのあるものだった。

「急に動かないほうがいい。あちこち怪我《けが》してるし、脳震盪《のうしんとう》も起こしてるみたいだから。一応できるだけ手当てはしておいたんだけど、大丈夫か？　具合悪くない？」

……怪我？　脳震盪？

こくりと頷《うなず》きながら、香は首を捻《ひね》った。

そういえば、包帯……？　のようなものが巻いてあるようだ。片手を軽く上げて見てみると、包帯かと思ったものは、どうやらラッピング用のリボンのようだった。やや光沢のある生地に、有名な洋菓子店の名前が金色で入っている。

ようやく意識がはっきりしてきた。

気を失う前に起こったことが、一気に脳裏に蘇ってくる。

夜更けの祭り、境内の出店、謎《なぞ》の老婆、謎の薬——小さくなって、服も着られず、携帯も使えず、カラスに追われ、ドブネズミにも追われて、ついには石段の脇の溝を転がり落ちたこと。

よく死ななかったものだと思う。そういえば、落ち葉がだいぶ溜《た》まっていたような気がするから、あれがクッションになってくれたのだろうか。

まだ信じられず、香は自分の頰《ほお》を抓《つね》り、夢から醒《さ》めようと試みる。けれどもただ痛かっただけだった。

目の前には、巨大化した鷲生がいる。——実際には、香のほうが小さくなってしまったのだが。

（……夢じゃなかったんだ……）

気を失う前のことはすべて現実だったのだ、と認めないわけにはいかなかった。香は絶望に頭を抱えた。

「……香？」

鷲生が呼びかけてくる。香ははっと顔を上げた。

どうして鷲生がいるのだろう。ここはいったいどこなのか……？

（うっすらと覚えがあるような）

香が寝かされているのは、普通に人が寝る用のベッドの片隅のようだった。鷲生はそのすぐ傍の床に座り、香を覗《のぞ》き込んでいた。

室内には、ほかにシンプルな机や本棚などがある。

「俺の部屋だよ」

周囲を見回していると、鷲生が言った。

「やっぱりそうか……」

最近は入ったことがなかったし、だいぶ模様替えされているけれども、よく遊びに来た子供の頃の雰囲気は、なんとなく残っている。

香は棚の写真立てに目を留めた。

「中学のときの野球大会の写真、まだ飾ってあるんだな」

クラスで優勝したときの集合写真だ。鷲生と並んで、香も写っていた。

「それがわかるってことは、本当に香なんだな」

香は頷いた。こんな姿になっても、ちゃんと自分だとわかってもらえていることに、ほっとする。じんわりと涙ぐみそうになるのを香は堪《こら》えた。

「何があったんだよ？　その姿はいったい……なんでそんなに小さくなってるんだ？　見つけたとき、俺がどれだけびっくりしたと思う？」

鶯生は香を覗き込んでくる。

「そういえば、どうして俺、おまえのところにいるんだ？」

「それは……」

小さくなったときには、鶯生どころか傍には誰もいなかったのだ。

「……たまたま、あの神社の前を通りかかったんだよ。そしたらおまえの店の車が停めてあったから、なんとなく気になって上がっていったんだ。だいぶ遅い時間だったし、こんな時間に神社に配達とかあるのかと思ってさ」

と、鶯生は言った。

「そしたらおまえの服と携帯だけが境内に落ちてて、さすがに何ごとかと思うじゃん？　――で、探してたら、何か白っぽいものが、石段の脇の溝に落ちてるのを見つけたんだ。最初は人形かと思ったんだけど、なんかちょっと違う感じがして素通りできなくて、かがんでみたら、なんと顔がおまえそっくりじゃねーかよ。持ち上げたらやわらかいし体温あるし、身じろぎするしさ。もう心臓止まるかと思った。なんであんなとこに落ちてたんだよ？」

おまえの番だ、と鶯生は促してくる。

「どうしたもこうしたも……」

香は自分でもよく頭の整理がついていないながらも、小さくなった経緯を語った。

祭りに惹かれてやってきた境内で、占い師にもらった薬を飲んだこと。意識を失い、気がついたらこの姿になっていたこと。カラスやネズミに追い回されて、側溝に落ちてしまったこと。

願い事のあたりの詳細は伏せておいた。

（……っていうか俺、あのとき何を願ったっけ？）

少なくとも、小さくなりたい、なんていう願いでは、決してなかったはずなのに。

「はあ？　何そのファンタジーな話……！」

と、鶯生は声をあげた。

「そもそもあのへんで祭りなんかやってなかったぞ」

「やってたよ……！　綿飴とかいろいろ買ったし」

「っていうか、なんで飲むんだよ、そんな怪しげなもの……！」

鶯生の言葉はもっともだった。

「るさいな、俺だって飲もうと思って飲んだわけじゃねーよっ。……ただ、なんだか催眠術にかかったみたいになって、ふらふらっと飲んじゃって……」

今思えば、何故飲んでしまったのか、自分でもわからないのだ。

「ったく、ばかじゃないのか？　一応命は無事だったからまだよかったようなものの、死ぬような毒だったらどうするつもりだったんだよ？」

そう言われても返す言葉がなく、香はしゅんと項垂《うなだ》れる。

その姿に、少し可哀想《かわいそう》になったのか、

「で……、どうやったら戻れるんだ？」

と、鶯生は聞いてきた。

「そんなの、わかるわけないだろ……っ」

そもそも何故こんな身体になってしまったのかさえわからないのだ。

「だよな」

答えは予想の範囲内だったらしい。鶯生は続けた。

「じゃあ、これからどうする？」

「えっ」

「戻りかたがわからないってことは、当分そのままでいなきゃなんねーってことだろ？」

（そうだった……）

無意識に目を逸《そ》らしていた現実を突きつけられ、香は殴《なぐ》られたようなショックを受けた。ぐらぐらと眩暈《めまい》まで覚える。

(……どうしよう。どうやったら戻る方法がわかるんだろう。もし戻れなかったら、これからどうしたらいいんだろう)

「と……とりあえず……車を店のガレージに戻して……」

「はあっ？」

思いついたことをそのまま口に出すと、鷲生は声をあげた。

「最初にそれかよ!?」

「だってほっとくわけにはいかないだろ……！　それに動転して、どうしたらいいか……」

こういうとき、人はまともにものを考えられなくなったあげく、ルーティンワークに逃げ込もうとするものなのかもしれない。

鷲生はため息をついた。つきたいのは香も同じだった。

「車は、うちの近くの駐車場に停めてあるから」

「えっ」

「たしかに放置しておくわけにもいかなかったし、この姿のおまえをてのひらに乗せたまま、混みあった電車にも乗れないだろ？　怪我もしてたしさ。さいわい車の鍵《かぎ》も服や携帯と一緒に落ちてたから、逆にたすかった」

「鶯生……」

香の持ちものも、一緒に保管してあるという。

（車に服に携帯に……ずいぶん世話になっちゃったんだな）

そのことに、香は初めて思い至った。

「あの……」

「ん？」

「……ありがとな、何から何まで」

「え」

素直に頭を下げると、鶯生は鳩《はと》が豆鉄砲を食らったような顔をした。そしてふいに噴き出す。

「どうしたんだよ、いつも可愛くないことばっか言ってるくせに」

「な……っ！　なんだよ、人がせっかく素直に感謝をあらわしたのに、その言いぐさはっ」

揶揄われて頭が沸騰し、同時に前回会ったときのことを思い出してしまう。

「だいたい俺はまだ怒ってるんだからな……！」

そう、小さくなって世話になってはいるものの、喧嘩したことまで帳消しになったわけではない。

「あ、そうなんだ？」

香は怒って手を振り上げたけれども、鷲生はにやにやと笑うばかりで少しも動じてはいない。

そりゃあそうだろう。こんな小さな手で殴られても、痛くも痒《かゆ》くもないだろうから。

「怒ってるのは俺のほうだと思ってたんだけどなあ。ま、いいや。まだゆるせないって言うんならそれでも。——だったら家に帰っちゃう？　ひとりで帰れるか？」

軽く部屋のドアを示され、香は愕然とした。

（帰るも何も……）

鷲生の部屋は、実家暮らしの独身男性の部屋としては広いほうだろうが、それでも十畳程度だったはずだ。ベッドからドアまで、多分三、四メートルかそこら……のはずなのに、香には物凄い遠さに感じられた。

「な、無理だろ？　諦めて昨日のことは水に流すって言えば？　なっ？」

にこにこと覗き込んでくる鷲生を、香はきっと睨《にら》んだ。

（歩いて歩けない距離じゃないし）

そろそろとベッドの縁へ這っていく。そして下を覗き込み、その途端ぞっとした。

（三、四十センチしかないはずなんだけど……）

それでも、今の香の身長より遙《はる》かに高い。香はごくりと唾《つば》を飲み込んだ。

（……でも、ここを降りないと）

下はフローリングだし、落ちたらだいぶ痛いのではないだろうか。だが、今さらあとへは引けなかった。

「お、おい……」

鷲生の声を尻目に後ろ向きになり、そろそろと脚を下ろす。しかし足場になるものは何もなかった。本当はマットとベッド本体のあいだに足がかかるかと思ったのだが、なかなか届かない。

（もうちょっと……か？）

シーツの端に爪《つめ》を立てて、できる限り身体を伸ばそうとする。

「うわっ」

さらりとしたシーツには、引っかかるところがなかった。手は無情にもすべってしまう。

（落ちる……！）

香はぎゅっと目を閉じた。

（あ……？）

けれども痛みは襲ってはこなかった。かわりに、ほどよくやわらかくて温かいものに包まれている。

そっと目を開ければ、鷲生のてのひらの上だった。

「無理すんなって。落ちて骨でも折れたら、どうやって治療するつもりだよ？」

「……」

助かってほっとはしたものの、香は落ち込まずにはいられなかった。

ひとりではベッドから降りることさえできないのだ。それに考えてみれば、ドアまでたどり着けたとしても、自分では開けることもできない。

（……どうしよう）

悔しいけれど、自分で自分がままならない。

そもそもこんな状態で、どうしたらこれから生きていけるのだろう。

ベッドから降りることさえできない身で、たとえ家に帰れたとしても、まったく生活が成り立たない。両親はとうに亡くなって家族もいないし、誰にも頼れない。食事をつくることも、水を汲《く》むことさえできないのだ。

（……こんな身体になっちゃって……）

じわりと涙が浮かんでくる。その顔をうつむいて隠した。

「……きっと元に戻れるって」

鷲生の声が降ってきた。

今までとまるで違う、ひどくやさしい響きだった。何の根拠もない言葉なのに、胸にじんと染みていく。

彼はいつも、女の子たちにはこんなふうに話しかけているのだろうか。

（……だったら、好かれて当然だな）

そう思うと何故だかまた涙腺が緩んでしまいそうだった。

「それまで休戦協定ってことでいいからさ。ここにいれば？」

「え……」

香は思わず顔を上げた。鶯生のもう片方の手が近づいてきて、親指で涙を拭《ぬぐ》ってくれる。ずいぶん泣いたような気がするのに、彼の手にかかると、たった一度で拭えてしまう程度の量なのだった。

ここに置いてもらえるということは、香にとって、文字通り死ぬほどありがたいことだった。そうでなければ、本当にのたれ死ぬしかなかったかもしれなかったのだ。

また涙が溢れた。

「あ……」

「ええっと、腹減ってない？　何か食わなくて平気？」

ありがとう、と口からこぼれそうだったのを、鶯生は遮った。わざとだったのではないかという気がした。それは、もう言わなくていいよ、という鶯生のやさしさだったのではないか——と

いうのは考えすぎだろうか。

「あ、うん……。お祭りで買い食いしたから」

瞼を手の甲で拭いながら、香は答えた。本当は胸がいっぱいなだけだけど。

「そっか。じゃあ次は着るものか……」

「え？」

「ま、そんなに小さいと、見えたからどうって問題でもないっていうかなんていうかまあ……だけど、いつまでもすっぽんぽんってのも、風邪でもひくといけないし」

「……!!」

そのときになってようやく、香は自分が全裸であることを思い出していた。あまりにもいろいろなことが起こり過ぎたせいで、頭から飛んでしまっていた。——まあ、裸とはいっても、正確には某《ぼう》洋菓子店のリボンを包帯がわりに巻きつけられてはいるのだが、肝心《かんじん》なところはまったく隠してくれてはいない。

香は鷲生の手から飛び上がった。

ベッドに戻り、慌ててハンドタオルを頭から被る。

鷲生に裸の状態で拾われたことが、急に物凄く恥ずかしくなってきた。

(男同士だし、幼なじみだし、一緒に風呂に入ったことだって何回もあるし、裸を見られたから

ってどうってことはない……はずだけど)

何故こんなにも恥ずかしいのだろう。

そういえば、側溝に落ちていたのなら泥まみれだったはずなのに、身体は汚れていない。……ということは。

ハンドタオルの端から、そろそろと顔だけを出す。

「……俺、溝に落ちてたって言ってなかったか?」

その割には綺麗なんだけど、と問えば、

「ああ。泥まみれだったから、俺が拭《ふ》いておいた」

と、鶯生は邪気のない顔でにっこりと笑った。

答えを聞いた途端、かあっと全身が熱くなった。ただ見られるだけならまだしも、全裸で隅々まで拭かれてしまったのかと思うと、いっそう恥ずかしい。

ハンドタオルの下で、香は更に身体を小さくした。

(聞かなければよかった……!)

と、思うけれども、鶯生は親切心からしてくれただけのことで、特に何も感じてはいないようだ。

自分だけ気にする必要はないのかもしれないとも思う。むしろありがたく思うべきなのではないか。

「そ……そっか。……」

結局、香が言えたのは、それだけだった。責めるわけにもいかず、やっぱりお礼を言うところまで達観もできなかった。

とりあえず、目を逸らしつつ話題を戻す。

「……でも、着るって言ってもな……」

何を着たらいいのか。

「そうだな……人形の服だとちょうどよさそうな感じだけど、今から買いに行っても店閉まってるしな」

「だよな……」

今夜のところは、ハンドタオルを被って寝るしかないだろうか。

「鴇子《ときこ》が猫の服なら持ってたと思うんだけど、ちょっと大きいかな」

鴇子というのは鶯生の妹で、香とも旧知の仲だが、最近はあまり会っていない。

(そういえば、この家の中にいるんだよな)

ひさしぶりに会いたいな、と思い、すぐに無理だと悟る。こんな姿で会えるわけがなかった。

ついでに、春日井家では猫を飼っていたことも、香は思い出していた。白黒のふもふした猫で、名前はツバメといったはずだ。猫のくせにツバメなのは、春日井家の兄妹が鶯《うぐいす》に鴇だからなのだろう。

（猫の服……）

だが、贅沢《ぜいたく》を言っている場合ではない。

（とは言っても）

こっちも数年会っていないが、当時でさえかなりの巨体だったことを思えば、やはり服を借りるのは無理なのではないか。

（猫より小さいのか、俺……）

香は改めてショックを受ける。

ふいに鶯生が言った。

「あ、そうだ！」

「仔《こ》チワワの服がある！」

「チワワ……!?」

香の脳裏に、小さな生きものの姿が浮かんだ。

テレビのＣＭなんかにもよく出ていて可愛らしいが、見た目的には「犬」というより何か違う生き物のような感じがするほど、小さい小さい犬だったはずだ。

しかもただのチワワじゃなくて、仔チワワ……！

どれほど小さい服だろう？

なのに、鶯生は言うのだ。

「あれならちょうどいいかも」

「な……なんでチワワの、しかも仔チワワの服なんかあるんだよ？　犬飼ってたっけ？」

猫を飼っていることは知っていたけれども、犬……というかチワワを飼ったなどという話は聞いたことがない。

「飼ってないけどさ。ツバメが家に来たとき、鴇子がよく写真をブログに上げたりしてたんだ。三ヶ月くらいだったから、合う服がそういうのしかなくて、たしか買ってたような。まだ起きてるかもしれないから、ちょっと聞いてみるよ」

そう言って、鶯生は部屋を出て行った。香には恐ろしいほど遠く見えるドアまでの距離を、ほんの数歩だ。

ややあって、彼は戻ってきた。

「よかった、まだとっててくれて。洗濯もしてあるってさ」

と、服を広げてみせる。

「こ……これ……？」

俺が着るのか、と鶯生と仔チワワの服を交互に見る。

仔チワワの服は、やわらかい綿の生地なのはいいとしても、かたちは筒状のワンピース、可愛らしいピンク色をして、白いフリルのたくさんついた、それは可愛らしいものだったのだ。

「似合いそうだな。サイズも合いそうだし」

「にっ、似合うわけないだろお……!!」

思わず香は声を荒らげた。

「そう?」

だが、鶯生はにやにやと笑っている。

「でもほかに選択肢もないし、しょーがないんじゃね？　まあ素っ裸のままいるってんなら、俺はかまわないけど」

「うう……」

究極の選択だ。しかしともかく全裸よりはましな気はする。

「ひとりで着られる？　着せてやろうか?」

「ひとりで着られるっ！」

香は鶯生の手から仔チワワ服を奪い取ろうとした。

だが鶯生はひょいとかわしてしまう。

「やっぱ手伝ってやるって」

何が楽しいのか、彼は笑顔で布をたくり、ここに頭を、と差し出してくる。

「ほら」

しようがなく、香はその中に頭を突っ込んだ。そして袖《そで》を通すと、鶯生が裾《すそ》を戻して整えてくれる。

「ちょ、これ……っ」

香はつい、困惑の声を漏らした。

まず襟《えり》ぐりと袖ぐりが、犬用の服は広いのだ。香が着ると、肩が落ちてしまう。胴回りも香の体型よりゆったりしているので、中で身体が泳ぐ。

だが何より問題なのは、裾だった。

犬のワンピースは、犬の体型に合わせて、前のほうが短く、後ろが長いつくりになっていたのだ。つまり、後ろは引きずるほど長いにもかかわらず、前は肝心なところがやっと隠れる程度、という危うさだということ。

香は裾をできる限り引き下ろそうとする。なのに、

「悪くないじゃん」

と、鶯生は言った。卓上ミラーを持ってきて、見せてくれる。

鏡の中には、大きめのTシャツか何かをしどけなく着崩したかのような姿の、自分がいた。

「ほら。似合ってて可愛いよ」

「か……」

可愛い、とさらりと口にする鶯生が、まるで知らない人のように見えた。

（か……可愛いって言われた……！）

どこに目をつけているのかと思う。それとも、小さければ何でも可愛く見えるものなのだろうか？

「でもやっぱ、ちょっと大きかったかな」

その言葉に、思わずくわっと歯を剝《む》いてしまう。

「大きくないっ、サイズが合ってないだけだっ」

実際、前の裾は短過ぎるくらいなのだから。

（……とはいうものの……）

全体的に余っている感じは、やはり否めない。大きすぎるということを、香は認めないわけにはいかなかった。

（今の俺は、仔チワワにも勝てないのか……）

そう思うと、また泣けてきそうだった。

「ま、寝間着にはちょうどいいだろ。とりあえず今夜はそれで寝て、明日会社の帰りに人形の服か何か買ってきてやるから」

「……うん……」

香は頷いた。

「俺の財布、持ってってくれよな」

「いいよ、別にそれくらい」

鶯生は軽く流す。

時計を見上げると、既に十二時を過ぎている。

「そろそろ寝ようか。……って言っても、どこで寝てもらうかな。ベッドに一緒でもいいけど、寝返り打ったときに潰したり、床に落ちたりしたらと思うとちょっと心配なんだよな……」

（心配……）

一応心配してくれているのか、と思うと嬉《うれ》しい。

（別にベッドの隅で寝ても平気だとは思うけど……）

でも、気をつかって鶯生のほうが寝苦しく感じるかもしれないと思い至り、香はその言葉を呑《の》み込んだ。

室内を見回し、目を留める。

「あっ、あれは？」

ベッド脇の棚の中段あたりに、ミニチュアソファのようなものが置かれていたのだった。

この部屋の中では異彩を放つピンク色で、よく目立つ。座面はまるく、背もたれは花片型をしている。

今の香が寝るのには、ちょうどゆったりできそうなサイズだった。しかも、ベッドのヘッドボード伝いになんとか自力で上がっていけそうでもある。

何故そんなものがここにあるのかと、思わないではなかったのだけれども。

香は鶯生の返事も待たずに、棚へよじ登った。

「おい、気をつけろよ？」

「わかってるって」

手をかける場所を探し、足場を探して、だいぶ頑張ってようやくたどりつくと、ソファにふんぞり返ってみる。

突然、ガチャッという大きな音を立てて部屋のドアが開いたのは、そのときだった。

鶯生の家族だろうか。

姿を見られてしまう……！　と思っても、隠れる場所もない。

だが、現れたのは人ではなかった。

「ね、猫……」

ほっとしつつ、香は呆然と呟《つぶや》く。

「ツバメ、自分で開けられるんだ……」

飛び上がってレバーに前足をかけ、ドアを開ける猫がいるというのはテレビで見たことがあったけれども、まさか鶯生の家の猫に、こんな特技があったなんて。

「この頃、いつのまにかできるようになってたんだ。賢いだろ？」

「うん……初めて見た」

（自分でドアを開けるなんて、今の俺には絶対できないよな……）

猫にもできるようなことさえできないのかと、またショックを受ける香を後目に、鶯生はドアを閉めにいく。

「ま、開けられるけど閉められないのが難点なんだけどな」

そのあいだにツバメは部屋の中に我が物顔で踏み込んでくる。軽々とベッドに乗り、香のいる棚へと飛び移る。

そして香を見ると、シャーッと歯を剝いて威嚇《いかく》してきた。

「ひいいっ……！」

香は思わず悲鳴をあげた。

ツバメとはここ数年会ってはいなかったが、昔はよく懐いていたはずだったのだ。鷲生よりむしろ、飽きずに猫じゃらしを振る香とのほうが、仲が良かったほどだった。

なのに、小さくなった香のことはわからないのか、それとも忘れてしまったのだろうか。

この大きさで見るツバメは怖かった。普通サイズの人間から見たライオンよりも、更に大きく感じられていただろう。

香は夢中で後ずさる。途端に、足許《あしもと》の地面が消えた。

「あああ……!!」

棚板を踏み外し、香は真っ逆さまに墜落した。今度こそ死ぬ、と思う。ぎゅっと閉じた瞼に、亡くなった両親の顔が浮かんだ。

(父さんや母さんと、また会えるのか……)

「香っ……!!」

その瞬間、鷲生の声が耳を打った。

はっと目を開ければ、気がついて突進してくる鷲生の姿が目に飛び込んできた。彼は手を差し出し、ダイビングキャッチするようなかたちですべり込んでくる。

彼の手の中に、香はすっぽりと納まった。

同時に勢い余って鷲生の頭は棚にぶつかり、適当に詰んであったＣＤががたがたと落ちてくる。

香は素早く鷲生の身体の下にかばわれたが、プラケースは鷲生の上に降り注いだ。

それが納まると、鷲生は顔を上げ、香を覗き込んできた。

「香っ、大丈夫か……!?」

「お、俺は大丈夫。おまえこそ」

「いや、これくらいなんでもないけど。怪我しなかったか?」

「うん……でも心臓が止まるかと思った……」

高さからしても、その怖さは、さっきベッドからすべり落ちそうになったときの比ではなかった。

見上げれば、遙かな高みからツバメが見下ろしている。かなり棚が揺れたにもかかわらず、少しも動じてはいない。

(大物だ……)

勝てるわけがない。

「あれ、ツバメのベッドなんだ。昼間はあんまり俺の部屋には寄りつかないんだけど、夜はあそこで寝るのが習慣になってて」

「そっか……」

ツバメにとっては、香のほうが侵入者だったわけだ。

「お兄ちゃん……！」

部屋のドアがノックと同時に開いたのは、そのときだった。今度こそ人……というか、きっと鴇子だ。

鶯生は慌てて香をスウェットの下に隠した。

鶯生の腹が急に目の前に迫ってきて、香は度肝《どぎも》を抜かれた。

(い……意外と腹筋あるんだ……)

子供の頃は一緒にプールに行くのもしょっちゅうだったけれど、最近は直接素肌なんか見たことはなかった。

(子供の頃とは全然違うんだ)

同性の身体なのに、なんだかどぎまぎしてしまう。

「な、なんだよ、ノックしろっていつも言ってるだろ」

「今したじゃない」

スウェットの外側では、兄妹が口喧嘩をしているようだ。

「香、香ってうるさいのよっ、何時だと思ってんの!?　これあげるからおとなしく寝なさいよ！」

ぱこっと小さな音がする。

「痛ってぇ、……って何だよこれ、どういう意味だよっ」

「あ、返さなくていいからね！」

「おまえ何か誤解してねーか!?　鴇子、ちょっ」

バタン、とドアが閉まる。

香はそろそろとスウェットの下から這いだした。

「何もらったんだ？」

「え。いやなんでも」

座り込んだままの鷲生の手には、可愛いカバーのかかったティッシュボックスが握られている。

「ティッシュ？？」

香は首を傾《かし》げた。鷲生は何故だか慌てる。

「ち、違うからな、誤解すんなよ？　ありえないから、そんなこと！」

と言われても、何の話だかさっぱりわからず、首を傾げるばかりだ。

「？？？」

「あ……いや、まあ、いいや。わかんねーなら別に」

鷲生は疲れたように吐息をついた。香を手に乗せたまま立ち上がり、ベッドに腰掛ける。

「鴇子、さっき寝かけてたところに仔チワワの服を探させたりしたから、機嫌悪かったみたいでさ」

「そうか……」

それは申し訳ないことをしてしまった、と頭を垂れる香に、鶯生は先刻鴇子がくれたボックスティッシュを差し出してきた。

「とりあえず、おまえ今夜はこの中で寝れば？」

「え……」

言われてみれば、たしかにちょうどおあつらえ向きかもしれなかった。

しかもそのティッシュボックスは、花粉症用の大きめのもので、高さが十センチ以上あったのだ。

カバーは鴇子の手製らしいが、やはりピンクで、取り出し口のところが蓋のようになっている。

(鴇子ちゃん、器用だな)

よじ登ってその蓋を開け、覗いてみると、ティッシュの残量もほどよくて、上手く敷き布団になってくれそうな感じだ。

「どう？」

「うん！」

「入り口がちょっと狭いかな？」

と、鶯生がハサミで切って広げてくれる。一緒にハンドタオルも切って、枕と布団もつくってくれた。

香はそれを持って、ベッドの枕許に置かれたボックスへと潜り込んだ。

「おやすみ」

と、挨拶を交わし、ようやく長い一日が終わる。

……けれども。

香には、実はもうひとつの懸案があった。

あまりにも動転していて、先刻まで頭から飛んでいたのだけれど、本当はこれを最初に考えるべきだったのだ。

(……店、どうしよう)

明日はたまたま店頭渡しの花束やアレンジメントの予約が入っていないのは不幸中の幸いだが、配達のぶんはあるし、このままでは客に迷惑をかけてしまう。それに花は手入れをしないと、長く綺麗に咲かせてやることができない。少数だが鉢物もあつかっている。

(明日、出社の途中で鶯生に店まで連れていってもらえたら、予約の件だけでもなんとかしたいけど……。でも花の手入れは)

この身体では、花の世話などできるはずもなかった。

(……だからって、鶯生に頼むわけには)

これ以上迷惑をかけてもいいものかどうか。

「——眠れない？」

いつのまにか、無意識に何度も寝返りを打ってしまっていたらしい。がさごそする音が耳に届いてしまったのか、鶯生が声をかけてきた。

「うん……、ちょっと」

「俺も」

「……あのさ、……」

「うん？」

口ごもる香に、鶯生が言った。

「店のこと？」

「えっ」

当てられて、香は驚く。

「なんでわかった!?」

「そりゃわかるだろ。俺だっておまえの立場なら、仕事のこと凄《すげ》ぇ気になるよ」

「そっか……」

たしかに、きちんと仕事をしている人間なら、みんなそうなのかもしれない。ちゃらちゃら女の子と遊んでいるようでも、鶯生だって本当は、一生懸命真面目《まじめ》に働く社会人なのだ。

「……明日出社する前に、俺のこと店に落としていってくれないか……？　予約の件だけでもなんとかしたいんだ」

「それだけでいいの？」

「え？」

「いろいろすることがあるんじゃねーの？　花の世話とか」

「よく知ってるな」

「前におまえが言ってた」

「……そうだっけ」

言われてみれば、早朝から花屋は忙しいという話を、だいぶ前にしたことがあったような気がする。

（覚えててくれたのか……）

そう思うと、心が温かくなる。

「なんか俺でできることがあれば、やってやるからさ」

「いいのか？　本当に？」

「いいよ、そのくらい」

「けっこう重労働だぞ」

「へばったらリタイヤするかも」

と、鶯生は軽く笑う。

「じゃ、明日に備えて今度こそ寝ようか」

おやすみ、という科白《せりふ》の前に、香はボックスカバーの蓋を開けて、ぱっと顔を出した。

「ありがとうっ。おやすみっ」

それだけ口にして、またひゅっと引っ込む。

くっくっという忍び笑いとともに、鶯生の返事が返ってきた。

「おやすみ」

3

翌朝は早起きをして、鶯生に店に連れていってもらった。

花を扱ったこともない優男だし、あまり期待はできないと思っていたけれども、意外にも鶯生はよく働いてくれた。

重いバケツを運んだり、水替え、水やり、水切りも。力仕事も厭《いと》わず、それなりに器用でもあった。

それを香は、鉢の縁にちょこんと腰掛けて見守る。

「他には？」

最後の水替えをしながら、鶯生は聞いてきた。

「これでだいたい終わりかな」

「花束つくったりしなくていいの」

「うーん……素人《しろうと》にやってもらって売りものにするわけにもな……。他の店に振り替えてもらえるように手配するしかないかな」

「そうか、他の店か……」

鶯生はふと吐息をつく。

「どうした？」

「いや、おまえのつくる花束好きだったしさ。他にもそういう常連、いるんじゃないかと思って」

「鶯生……」

鶯生が香の店に来るのは、幼なじみのよしみと、おまけしてやっているからかと思っていた。でも、それだけじゃなかったのだ。鶯生は、香の仕事を認めてくれていた。

じんと胸が熱くなる。

（……また鶯生に、花束をつくってやれる日が来るのかな）

いつ元に戻れるのか、いつか元に戻れるのかどうか。

でももし戻れて、また花束をつくってやったとしたら、鶯生はそれを持ってデートに行く。何百回と繰り返してきたあたりまえのことなのに、今想像してみると、香は何故だか少し面白くなかった。

「痛っ！」

手を洗っていた鶯生が、ふいに声をあげた。

「どうした!?」

「ああ……夢中で気づかなかったけど、けっこうやっちゃってたみたいだな」

「どこ!?」

鶯生が手を拭きながら近くに来て、見せてくれる。

指には、残っていた薔薇の棘《とげ》や何かで引っ掻《か》いたのだろう、傷がある。

「ああ、ほんとだ……」

「たいしたことないけどな。絆創膏《ばんそうこう》もいらないくらい。舐《な》めときゃ治る……」

その科白を聞いたとき、思わず香は鶯生の指先に唇《くちびる》をつけていた。小さな舌で、傷口をちろちろ舐める。

「うわっ……!」

だがふいに鶯生に指を引かれ、香は鉢から転がり落ちそうになった。それを鶯生が支えてくれる。

「大丈夫か……!? ちょっとびっくりして、つい」

「う、うん……」

まだどきどきしながら、香はしがみついてしまった彼の指を放した。

（そりゃ……いきなり舐められたらびっくりするよな……）

わかるけれども、なんだかひどく切ない気持ちになる。

「ごめんな」

と、鶯生は言った。

「いや、別に。……こっちこそ、いきなりごめん」

「いや……」

少しだけ冷たい沈黙が流れた。

「――じゃあ、俺そろそろ行くわ」

「うん、ありがとうな」

香は、鶯生の会社が終わる時間まで、店で待っていることになっていた。

猫も家族もいないから、鶯生の家にいるより却《かえ》って安全だろうということと、そのあいだにできる仕事はしたかったからだ。

臨時休業の張り紙を出して鶯生が出社していくと、香は店のパソコンを立ち上げた。

予約注文を確認するために、必死でマウスを引きずって動かす。カーソルの位置を合わせるのが難しくて、思わぬところで大変な苦労をするはめになってしまった。

そのうえちょっと文字を入力するのにも、あっちにこっちに移動しながら、両手をめいっぱい使ってキーボードを押さねばならない。

一段落ついたときには、香はぜいぜいと息を荒げていた。

（小さいって、ほんとに大変なんだな……）

ぐったりしつつ、近くで開業している知人の店に、電話した。

受話器を取って喋《しゃべ》るのは無理なので、スピーカーにして送話口の傍で声を張り上げる。

急病で入院することになったと言って、花束やアレンジメントの注文を、かわりに引き受けてもらった。そしてその旨《むね》、客にも連絡を入れた。

（急病か……）

この状況は、急病といってもまんざら嘘《うそ》でもない気がする。

（それにしても、せっかく入った注文だったのにな……）

改めてリストを見れば、たしかに常連の客もけっこういるのだった。

（このまま離れてしまわないといいけど）

本当に、いつ戻れるのだろう。数日ならどうにかなるが、もっと続くようなら、せっかく仕入れた花が、客の手に渡ることもなく枯れてしまう。

そんなことを考えるとまた涙目になりそうだったが、泣いてどうにかなるわけでもない。

香は気を取り直して、昼食を取ることにした。

鶯生が置いていってくれた調理パンと、牛乳。一番小さいサイズの牛乳パックに、ストローまで挿してくれているので、香にもどうにか飲むことができる。ちなみにストローは付属のものではなくて、わざわざ別に買ってくれた極細のやつだ。

(至れり尽くせりだよな)

こんな事態にとまどっているだろうに、先回りして世話をしてくれる。気が利くというか、やさしいというか、女の子にもてるはずだと思う。

(……やっぱ顔だけじゃないんだな……)

と、認めないわけにはいかなかった。

その鶯生は、昼休みには電話をくれた。

——昼ちゃんと食べられた？　大丈夫？　困ったことない？

そして夕刻には、予想よりずっと早めに店に戻ってきた。

会社帰りに店に立ち寄っていた頃だって、こんなに早かったことは滅多になかったのに。

「だっておまえすぐいろんなところから落ちるし、またひょっとしてと思ったら気が気じゃなくて」

「……そんなにしょっちゅうは落ちてない」

と唇を尖《とが》らせてはみるものの、心配してくれたのかと思えば嬉しかった。

鶯生は香が食べ残していたパンの残りを食べ、花の世話を終えて一段落つくと、デパートの紙袋を取り出した。

「おまえの服、昼休みに買ってきたんだ」

「あ、わざわざありがと……って、え……っ？」

だが、包みから出てきたものを見て、香は硬直した。

「な、何それ……っ」

「可愛いだろ？　サイズも合いそうだし」

たしかにサイズ的には問題ないかもしれないけれども。

「だ、だからって、なんで本格的に女物なんだよ……っ!?」

鶯生が買ってきたのは、なんと白くてふわふわしたドレスだったのだ。

仔チワワ服だって、女装っぽいデザインには思うところがあったのに、今度は本当にドレス……！

（っていうかこれ、なんか薄い羽根みたいのまでついてるし！）

「しょーがないだろ。人形の服ってほとんど女物なんだから」

「嘘つけ！　男物だってないわけじゃないことくらい、知ってるんだからな……！」

たしか子供の頃は、鴇子だって持っていたはずだ。

「しかも羽根って、頭どうかしてるんじゃないのか⁉　女物にしたって、もっと男が着てもおかしくないものだってあっただろ。ジーンズとか！」

それなら鶯生の言い分もわかるし、さほどの抵抗もなかったかもしれない。

「どうせ女物しかないなら、ファンタジーなもんがいいと思ったんだよ。せっかくこんな姿になってんだからさ」

鶯生は香の反応も予測済みだったのか、笑顔を崩さない。

「ま、どうしても気に入らないんなら、週末にもっと大きな店に連れていってやるから、好きなの選べよ。せっかく買ってきたんだからさ、今日のところはこれで我慢してくれない？」

「う……」

そう言われると、拒否しづらくなる。

忙しい昼休みに、わざわざ買い物に行ってくれたのだ。帰りに買わなかったのは、たぶん一刻も早く店に戻ってくるためだったのだろう。男物の人形服の品揃《しなぞろ》えが悪かったのは、本当なんだろうし。

今着ている仔チワワ服は、女装度が低いとはいえ、肩がしょっちゅう落ちるうえに前のほうの丈が足りなくて危ないし、二択と思えばドレスのほうがましな部分もあった。

しかたなく、香は鶯生がパッケージから出してくれたドレスを受け取り、鉢植えの陰で着替えた。

多少ごわごわするが、着心地は見た目ほどは悪くないようだ。

下から穿いて、背中はホックになっている。香はそれを留めようとしたが、なかなか上手くいかなかった。

「どうした？」

「ん、背中のホックが……」

人形の服とはいえ、着せるのは当然ながら人間を想定してあるのだ。ホックも人間が留めやすいサイズのものがついている。人形サイズになっている香には、手に余ってしまうのだ。

「留めてやるよ」

と、鶯生は言った。

「うう……」

服を着ることさえ自分ではできないのかと思うと、情けなかった。けれどもいつまでもこうしているわけにもいかない。

鉢を回ってそろそろと陰から出ると、香は鶯生に背中を向けた。

晒《さら》しているのは背中だけなのに、なんだかひどく恥ずかしい。

ぷちぷちとボタンを留める鶯生の手が、掠《かす》るように背中にふれるたび、びくりと反応してしまう。

「ほら、できた。こっち向いてごらん」

言われるまま、くるりと振り向くと、鶯生は軽く口笛を吹いた。

「かーわいい。ほんとに妖精《ようせい》さんみたい」

「なっ、何言ってるんだよっ……」

褒められた、とも言い難《がた》いと思うのだが、赤面するのを止められない。自分でも、自分の反応がよくわからなかった。

（どうしたんだよ、俺……）

「そうだ」

鶯生は、何か思いついたらしい。香をひょいと手のひらに乗せると、ディスプレイ用のアレンジメントの籠に座らせた。そして携帯をかまえる。

「ちょっ……」

「大丈夫、ツイッターに上げたりしないから」

「あたりまえだっ」

こんな恥ずかしい姿、ワールドワイドに晒してたまるか！

「俺の待ち受けにしよっかな」

「はあ!?　誰かに見られたらどうするんだよっ」

「コラだって言っとく」

笑いながら、写メのシャッターを切ってしまう。

「凄ぇ絵になってるよ。本物の妖精みたいじゃん」

「おまえなあ……！」

ふと、纏《まつ》わりつくような視線を感じたのは、そのときだった。

（あれ、今……）

外から誰かに見られているような気がして、香は振り向いた。店のシャッターは下ろしてあるけれども、裏口の硝子ドアからなら中を覗くことができる。

「ん？」

鷲生も香の視線を追い、同じ方向へ目を向ける。ドアの向こうを、さっと人が横切った気がした。

鷲生は素早く裏口へ行くと、硝子ドアを開け、外を窺《うかが》った。そして再び閉め、内側のカーテンを引いて戻ってくる。

「誰かいたか？」

「うん……人影が見えた」

「誰だろ……？」

なんだか不気味だ。

急病の連絡をしたのに店に灯《あか》りが見えたから、同業者の知人がようすを見に来てくれた……とかいう可能性もないではないけれども。

「……俺の知ってるやつかもしれない」

と、鶯生が言った。

「えっ？」

「ちらっと見えただけだし確信は持てないけど、あの後ろ姿は会社の先輩じゃないかと思うんだ。何かと俺に突っかかってくる人なんだよな……」

「なんで？」

「……俺のほうが先に主任になったのが原因らしくて」

「へえ、主任になってたんだ」

先輩を押さえて出世するなんて、有能だったんだな、と思う。今まで知らなかった会社での鶯生がかいま見えた気がして、香にはちょっと新鮮だった。

（それにしても……）

後輩に先を越されたのが面白くないのはわからなくもないが、何故この店を覗いていたのだろう。

そもそも鶯生がここにいるのを知っていたのだとしたら、つけて来たことになる気がするのだが、だとしたら相当変な行動だと思う。

「……ストーカーみたいじゃないか?」

「まあ、そこまでは。でもおまえのことを見られてたらやっかいだな」

と、鶯生は言った。


とはいえ確信はなく、今打つ手があるわけでもないので、とりあえず厳重に戸締まりをして、二人は鶯生の家へ帰った。

鶯生が夕食の残りを「夜食にする」と偽って部屋へ持ってきてくれて、香もきちんとした食事にありつけた。

(まさか米一粒を両手で持って食べる日が来るなんて、夢にも思わなかったけど)

焼き魚もお浸しも香には大きすぎるので、鶯生が箸《はし》で小さくして、口許まで運んでくれる。

「なんか、小動物の餌付《えづ》けでもしてる感じ」

「小動物!?」

「リスとかね。はい、あーん」

「リス!?」

「リスじゃ可愛すぎか。でもあれ実はかなり凶暴だとか聞くし、合ってんじゃね?」

「ああ!? あんえおえがイスで凶おうなんだよっ」

「食べるか喋るか、どっちかにしたら」

食事が終わると、風呂へ連れていってもらった。

鶯生の着替えの中に隠されて、脱衣所まで運ばれる。そこでようやく香は羽根のついた妖精ドレスを脱ぐことができた。

香を洗濯機の上に乗せたまま、鶯生も服を脱ぐ。

香はスウェットの下に入れられたときと同じように——否、それ以上にどきどきして、つい目を逸らしてしまった。

自分の貧弱な身体を見られるのも恥ずかしかった。まあこんなに小さかったら、多少の貧弱さなんて目にも留まらないだろうけれども。

(それに昔は何度でも一緒に風呂に入ったことがあるし、フリチンで遊ぶのだって普通だったんだからな……!)

と、思おうとする。

ともかく洗面器に湯を張ってもらい、身を浸すと落ち着いた。

「ふはあ……」

と、親父《おやじ》のような声が漏れてしまう。昨日は風呂どころではなかったので、小さくなってから、これが初めての入浴だった。

「気持ちいい？」

「うーん。最高！」

湯船に浮かべられた洗面器は、遊園地のコーヒーカップのようにくるくると回る。

鶯生はバスタブに身を沈めながら、指先でそれを止め、覗き込んできた。

「ばか、見んなよっ」

湯を掬《すく》って、ばしゃっと鶯生の顔に掛ける。

洗面器からバスタブを見下ろすと、まるでプールのように見えた。

――温泉で泳いではいけません
という標語が頭を過《よぎ》るけれども、そわそわせずにはいられない。

「泳げば？」

どうしてわかったのか、鶯生は苦笑した。

「こ……子供っぽいって言うんだろ」

「言わない言わない」

ほんとかよ、と思いつつ、香は誘惑に負け、バスタブにダイブした。

「ふはっ」

一度沈んで顔を出し、泳ぎまくる。水面をクロールするにとどまらず、前転したり、潜水して鷲生の脚のまわりをくるくる回ったりする。水槽の中の観賞用熱帯魚にでもなったような気分だった。

(あ……)

そうするうちに、香はふと目の前のものに気づいた。

(うっ……)

もろに見てしまった。

同性の、しかも子供の頃には何度も見たことがあるはずのものであるにもかかわらず、のぼせそうなほどどきどきしてしまう。そのくせ目を逸らすこともできない。

(こ……こんにちは。なーんつって)

でかい。

そう見えてしまうのは、今自分が小さくなっているからなのだろうか。

（で、でもこれなら今の俺のほうが勝ってるかも？）

というのは勿論、香の全長と、鶯生のそれをくらべた場合の話だ。

そんなことを考えていると、ひょいと摑《つか》み上げられた。

「何、ガン見してんの？」

「はっ？　いや、ちが」

「興味あるんだ？」

「そっ、そんなわけないだろ……！」

香は真っ赤になって反駁《はんばく》した。

「お、俺はただ、そう、今の俺よりちっちゃいなって思ってただけだっ」

「——ほほう……？」

香を握ったまま、鶯生は目を眇《すが》める。

「なっ、なんだよっ!?」

と返しつつ、男に対して「小さい」は禁句だったかもしれないと思い至る。背筋がぞぞっと冷たくなった。

「いや。ま、そうかもしれないと思ってさ」

「そっ、そうだろ!?」

「ああ。でも、おまえより大きくなることもできるんだけどね？」

「どうやっ——」

て、と言いかけたけれども、当然ながらすぐにぴんとくる。

「勃《た》ってたら俺の勝ちは確実なんだけど」

「ば、ばか、言ってろ！」

香は舌を出した。猫に負け、仔チワワに負け、ちんこにまで負けてたまるものか。

鶯生の手から抜け出し、ちゃぽんと水中に帰る。

香が泳ぎ疲れた頃、鶯生は湯船から出て、髪を洗いはじめた。

香も鏡の下の洗面器を置く台の部分に座り、髪と身体を洗った。

と言っても、香のサイズに合ったボディスポンジのようなものがあるわけではないので、石鹸《せっけん》を身体になすりつけるだけになる。

「背中洗ってやろうか」

と、鶯生が言った。

「えっ、いいよ」

「でも洗いにくいだろ」

そう言われると、たしかに背中まで手がまわらない。固辞するのも変に意識しているように思われそうで。

「う、うん、じゃあ」

香は鶯生に背中を向けた。

鶯生はボディタオルの端で、背中を擦《こす》ってくれる。

「洗いにくいな。力加減が難しいって言うか」

鶯生があまり力を入れていないつもりでも、少し押されただけで香は上体を保っていられず、すぐに前に倒れてしまいそうになるからだ。

「わっ……」

鶯生は、ひょいと香を掴み上げると、自分の膝《ひざ》に座らせた。胴回りを前から手で支えて、背中を擦る作業を再開する。

「このほうがいいだろ。痛くない？」

「う、うん……」

でも、なんだか変な感じだった。

鶯生は背中は勿論、首の後ろから肩、腕のほうまで洗ってくれる。あとは自分で、と言いかけた途端、前を向かされた。ボディタオルが迫ってくる。

「ま、前はいい……っ」

「ついでだからさ。俺がやったほうが早いし、気にすんなよ」

さらりと言われると、抵抗しづらくなってしまった。

家族用の風呂にはまだあとに入る人がつかえているし、あまり時間をかけるのも迷惑ではないかと気にはなっていたのだ。

(意識するほうが変なのかもしれないし……)

何しろ男同士だ。……なのに、ひどく恥ずかしく感じる自分はどこか変なのだろうか。

そう思ううちにも、顎《あご》や耳の下から首へ、両腕、脇の下へとボディタオルはすべっていく。

「あっ……」

ふいに変な声が漏れて、香ははっとした。

(い、今の何……っ)

鶯生の指が布越しに乳首を擦った瞬間、まるで電流が走ったみたいにびりっときたのだ。

鶯生の手が止まる。急速に自分が全身真っ赤に染まっていくのがわかった。

「あ、ありがと、もういいからっ」

香は鶯生の手の中から逃げ出そうとした。けれども何故だか逃がしてはもらえない。

「ここ、気持ちいいの？」

「わけないだろ、もういいってば……！」

「まだ綺麗になってないだろ。ちゃんと洗わないと」

と言う鴬生は、何かちょっと怖い。

「や、やめっ……」

香は身を捩《よじ》ったが、鴬生は胸のあたりを擦るのをやめてくれなかった。

石鹸のついたタオルがぬるぬると肌をすべると、たまらなくぞくぞくした。特に乳首の上を撫《な》でられるとたまらなかった。

「んっ、んんっ、……」

勝手に背中が反ってしまう。

「……ほんとに小さいな。豆粒みたいとか言うけど、それよりずっと小さい……。胡麻《ごま》くらいかな？」

などと鴬生は言う。

（小さくて悪かったな……っ）

と言い返したいが、唇を開くことができなかった。おかしな声が出てしまいそうで。

「でも、ちゃんと指にひっかかるくらい硬くなってる。ほら、こりこり」

「んあぁ……っ」

指先で揉《も》まれて、ついに声をあげてしまった。

（なんで俺……乳首なんかさわられて、女の子みたいな声……っ）

どうしてこんなふうになってしまうんだろう？

そもそも鶯生はどうしてこんなことをするんだろう。小さくなって、男にあるまじき反応をしてしまう香を面白がっているのだろうか。

「も、はなせって、あ……っ」

「気持ちいい？」

香はふるふると首を振った。認めることなんてできるわけがなかった。

「そう？　でも、こっちも……」

ふいに下を撫でられ、香はびくんと跳ね上がった。

「ひぁ……っ」

身体を撫でまわされ、乳首まで弄《もてあそ》ばれるうちに、勃起《ぼっき》してしまっていたらしい。

そのことに気づいて、全身が釜《かま》ゆでになったかのように熱くなった。

（こんなふうに遊ばれて、勃つなんて……！）

「やだ、もう放せって……！」

香は滅茶苦茶に暴れた。けれども鶯生は放してはくれなかった。

「ちっちゃくて可愛いな」

「な、ちょっ」

いくら小さくなっているからと言っても、失礼すぎることを言い、香のそこを撫でさする。

「やめ、……っ、ぅ……っあ」

「気持ちいいのに、やめる必要ないだろ？」

「ば、こんなの……やだ、放せ……って、あ……っ」

いつのまにかタオルは放り出されていて、香はじかに摘《つま》まれていた。石鹸にすべる二本の指を使って、ぬるぬると擦り上げられる。

「やぁ……っ、あ、あ、あん……っ」

甘ったるい声が出て、香は自己嫌悪に陥った。

（……だって、なんでこんなに）

さわられるとふわふわするのか。

このまま続けられたら、イってしまうのではないかと怖くなる。

（鶯生の手でいかされる）

今まで考えたこともなかったのに、想像した途端、無意識に腰が浮き上がった。

（そんなの、だめだろ）

でも、もう。

諦めかけたときだった。ふいに鶯生の手が、そこから離れた。

「え……」

香はほっと息をついた。

けれども鶯生は、それでやめたわけではなかったらしい。

彼は香の脚を持ち上げてきた。一本ずつ、泡のついた指でていねいに撫でる。

「……っ……」

洗ってくれているのだということはわかっても、香は別の感覚を拾わずにはいられなかった。

性感帯でも何でもない場所を擦られているだけなのに、ぞくぞくする。

(くそ、なんで……っ)

その熱は股間《こかん》に凝《こご》り、更に焦《じ》れったさを煽《あお》った。

だんだん上へ上がってきた手は、けれど勃ちあがった小さなそれではなく、股間を通って尻へと回される。

「やっ……」

「洗うだけだよ。挿《い》れたりしないから」

(挿れる!?)

って、何を……!

香が把握できずにいるうちに、指は尻の狭間《はざま》へ入り込み、真ん中の窄《すぼ》まりを探りはじめる。

「んんん……っ」

くすぐったいような変な感じがして、何故だか弄《いじ》られているところがひくひくしてくるのがわかる。

(挿れる……挿れるって、そこに……?)

いくら何でも無理だろう。今の香は鶯生の股間のものと同じくらいのサイズしかないのだ。

(いや、でも小指くらいなら……?)

想像して、香は無意識に首を振った。

(無理無理、小指でも絶対無理……!)

頭がぼうっとして、いったい自分が何を考えているのか、だんだんわからなくなってきていた。

「はぁぁ……っ」

「先っぽが濡れてきた」

囁《ささや》かれ、また沸騰するような羞恥《しゅうち》が突き上げた。先走りまで漏らして、しかもそれを鶯生に凝視《ぎょうし》されているのだ。

「小さくても、機能はちゃんとあるんだな」

「ば……ばかにすんな……っ、この変態……っ!」

「してないよ」

変態、と罵《ののし》ったことには反論はなかった。もしかして、自覚はあるのだろうか。

「よく見えないともったいないな」

などと鶯生は言い、香の身体の泡をシャワーで洗い流す。

（ああ……今度こそ、やっと終わったのか……？）

ほっとするべきなのに、香はそれ以上に物寂しいような、放り出されたような不安を覚えてしまう。

「鶯生……」

鶯生は、香の股間を覗き込んできた。

「……凄い漏れてくる……。ずいぶん濡らしてたんだな。泡にまぎれてたけど」

「ばっ……」

慌てて脚を閉じようとする。けれども鶯生は香の膝を摑み、逆に大きく開かせた。

「やっ……！」

「ほんとに可愛い、小さいのに、ちゃんと勃ってて」

次の瞬間、中心に唇をつけてくる。

「ひ……っ」

咥えられたことが、信じられなかった。

それでも快感は容赦《ようしゃ》なく襲いかかってくる。

熱い舌で翻弄《ほんろう》されると、そのまま溶けてしまいそうだった。包まれ、舐められて、香はなんとか我慢しようとしたけれども、ひとたまりもなかった。

「や、ああっ、ああ……っ」

軽く吸われた瞬間、香は背中をぴんと突っ張り、呆気《あっけ》なく昇り詰めていた。

（嘘だ……こんなの）

まだ状況が把握できない。ただぐったりと横たわる。

「香……、大丈夫？」

呼びかける声に、うっすらと瞼を開ければ、鷲生が心配そうに覗き込んでいた。

「のぼせた？」

香は飛び起きる。のぼせたも何も、さっきから全身火のようで、冷める隙がないくらいだった。

「な、な、なんてことするんだよっ!?」

「ごめん、気持ちよさそうだったから、つい」

「つい……!?」

むかついて、目の前にあった鷲生の親指を両手で摑み、思い切り嚙《か》みついた。

「痛たた、痛いって」

と言いながら、鶯生は笑っている。まったく堪《こた》えていないらしいのが、更にむかついた。

「ごめんって」

鶯生は繰り返した。

香はじっとりと彼を睨む。

「……俺もやる」

「何を？」

「だから……俺ばっか、されてるのは不公平だろ……！　俺もすればあいこじゃんか！」

鶯生は、言葉の意味を理解したらしく、目を見開いた。

「そ……それにそうしたら、おまえの——より、俺のほうが大きいって証明できるしな！」

急に沸き起こってきた羞恥から目を背け、香は胸を反り返らせた。

「へえ……」

香（の全長）より小さいと言われて、鶯生は薄く怖い笑みを浮かべた。

「だったら、やってみろよ」

てのひらに座らされて、鶯生の股間へと運ばれる。

「どうぞ？」

そして再び香は、そこにあるものと対面することになった。

「……って、もう勃ってんじゃねーかよ……っ」

鶯生のそれは、ボディシャンプーにまみれて、既にすっかり頭を擡《もた》げていたのだった。

「なんでだよっ、いつのまに……っ」

さっきまでは勃ってなかったくせに——、タイミング的には香の身体を弄り回しているうちにこうなったことになるのだが。

(まさかそんな……。だって一方的にさわられてただけで、俺からは何もしてないし)

香は戸惑うけれども、鶯生はその問いを流してしまう。かまわずに促してくる。

「本気出したら、まだまだこんなもんじゃないよ?」

香はごくりと唾液《だえき》を飲み込んだ。

どうしてこんなことになったんだろう。自分が言い出したことながら、少し後悔しはじめていた。それでももう後へは引けずに、そろそろと手を伸ばす。ふれた途端、その熱さについ手を引っ込めた。

「逞《たくま》しさにびびった?」

「わけないだろ……!　ただちょっと、熱かったから……っ」

とはいうものの、たしかに逞しいのかもしれなかった。全長はともかく、太さは香よりずっとあるのではないだろうか。

（これなら仔チワワ服も合いそうな……）

脳内で着せてみて、襟ぐりから亀頭だけを出した姿を想像して、つい噴き出してしまう。

「なんだよ？」

「いや、なんでも」

少しだけ肩の力が抜けたような気分で、もう一度両手でふれてみる。そっと撫でると、鶯生のものがぴくりと反応した。

（……感じるんだ）

さっきの香みたいに。

そう思うと、ほっとしたような、ちょっと嬉しいような、不思議な気持ちになった。

香はそれの括《くび》れのあたりを撫でてみる。少し強く擦っても、痛くはないようだった。というより、こんな小さい手では、たいした刺激はあたえられないのではないだろうか。

（最後までいかせるのは無理なんじゃ……）

鶯生をいかせる、ということを改めて考えると、やっと落ち着きかけていたはずの身体に、再び火が点《つ》いたようになる。そこまでする必要があるのかと思う。

（……っていうか、そもそもなんのためにこんなこと、はじめたんだっけ？）

よく思い出せなかった。

（……あと、どうすれば）

括れを擦りながら、他にできることを考える。

香は少し背伸びをして、先端の泡がついていないところへ舌を伸ばした。

ちろ、と舐めれば、鷲生は小さく息を呑んだ。

「……っ……香……」

驚いたような声に気をよくして、裏筋をちろちろ舐めながら、茎の部分を撫でまわす。

「ん……」

鷲生の息遣いが、少しずつ乱れてくる。意識すると、自分までぞくぞくした。

「いいよ、香、気持ちいい」

褒められると、嬉しかった。もっと気持ちよくしてやりたいと思う。

なかば無意識に、香はそれに脚を絡めていた。

「香……っ」

（……ぬるぬるする）

すべり落ちないようにしっかりと全身でしがみつく。身体を擦りつけ、刺激をあたえようとする。

そうすることで、意図せずに香自身のものも擦りつけられ、刺激されていく。

「はあ……っ……ん」

ときおり漏れる喘ぎがどちらのものだかさえよくわからなかった。

「……可愛い」

と、鶯生は囁き、香の頭を撫でてくれる。

(可愛い……?)

そうされると頭がぼうっとして、ふわふわした気持ちになってくる。

「小さいソープ嬢みたいだな」

「んん」

ばか、と言うかわりにカリっと歯を立てると、頭の上で、鶯生が息を詰めた。ついでに先端の孔《あな》に、小さな舌をぐりぐりと突き立ててみる。

「ん、っ香……っ」

その直後、頭から生温《なまぬる》いものが降りかかってきた。

「んんっ――」

その一部は、香の喉《のど》を直撃する。口内に苦味が広がる。

(これ……鶯生の)

香は激しく咳《せ》き込み、涙目になった。吐き出せずに、一部は呑み込んでしまう。

そうしながら、べっとりと視界を塞《ふさ》ぐ白いものを一生懸命拭った。

「うう……」

「ごめん、大丈夫か……!? ごめんな？」

先刻と同じようなことを、鶯生は言う。香の頭からシャワーを浴びせかけ、指で綺麗に拭ってくれる。

（……なんだか目が回る……）

やさしい感触を感じながら、香は目を閉じる。

そのますうっと意識が遠のいていった。


目を覚ましたときには、鶯生の部屋のベッドに寝かされていた。

「大丈夫か？」

と、彼が覗き込んでくる。

蒸し熱い場所であんなことをして、すっかりのぼせてしまったらしい。

まだぼんやりとしたままで小さく頷くと、鶯生はほっと息をついた。ずいぶん心配してくれていたようだった。

「ごめん、怒ってるよな……？」

怒ってる……のか。

自分でもよくわからなかった。

（だって……気持ちいいことしかされてないし、俺もしたんだからあいこだし……）

なんだかおかしいとは思うものの、考えてもそういう結論になってしまう。

（……凄くびっくりしたけど）

本当に凄く。

何故鶯生はあんなことをしたのかと思う。だがそれを問いかけるより先に、彼が言った。

「もうしないから、絶対」

と、鶯生は両手を合わせた。

「出来心っていうか、どうかしてたんだ、俺」

（……どうかしてた、のか……）

その言葉は思いのほか香にダメージをあたえた。

（そりゃ……たしかにそうだよな）

男にあんなことをするなんて。

しかも今の香はこんなに小さくなってしまっているのだ。

至極納得できる答えだったにもかかわらず、何故だか謝られる前よりも不機嫌にならずにはいられなかった。でもそれで怒るのは、なんだか負けのような気がする。

「……別に、もうしないならいい」

と、香は答えた。力の差が大きすぎて抗《あらが》うこともできなかったとはいえ、精一杯抵抗しなかった自分にも問題がないとは言えない。

「そっか、よかった！」

鶯生は香の言葉を額面通りに受け取ったようだ。

「おわびに、週末は何着でも好きな服買ってやるからな」

「気前よさそうに言うなよ」

人形の服では、何着買っても高は知れている。

そもそも女じゃあるまいし、たくさん服を買ってもらったとしても、さほどそれが嬉しいというわけでもなかった。

（そりゃ……仔チワワ服だの妖精のドレスだのから逃れられるのはいいけど）

それに、買い物にいけることには、少しだけ心が弾んだ。

（や、だってひさしぶりだしな……っ）

この頃忙しくて、小さくなる前からもうずっと買い物になど行っていなかったのだ。

別に鶯生と一緒に出かけられるから、とかではなくて。

4

カシャ。

うたた寝をしていた香は、小さなシャッター音で目を覚ました。瞼を開ければ、鶯生と鶯生のスマートフォンが見える。

「……撮ったのかよ」

「すっげー可愛かったからさ。おまえとツバメが一緒に眠ってんの」

「何言ってるんだよ、ばか」

香が可愛いというより、小さいのが猫と眠っているのがめずらしかったのだろう。わかっていても、そんなふうに言われるとなんとなく気恥ずかしい気持ちになる。

あれから三日、四日と過ぎるうちには、ツバメともそれなりに仲良くなっていた。今ではまるくなって寝ているツバメの腹のあたりに潜り込んでも、あまり邪険にはされない。香のことを少しは思い出してくれたのかもしれない。

(背中に乗せてくれないかなあ……)

と、香は思う。このサイズだからこそできる、このサイズでなければできない数少ない特典だ。猫の背中に乗るなんて。

けれどもツバメは、やっともふらせてくれるようにはなったものの、背中に跨《また》がることはゆるしてはくれない。よじ登ろうとすると、シャーッと怒られてしまう。

(一回でいいから、乗ってみたいんだけどな)

そんなことを夢見る香を、鶯生はひょいとてのひらに持ち上げた。

「下で昼飯食ってから出ようぜ。もう誰もいないから」

週末。

人形の服を買いに行く日だ。

家族は既にそれぞれ出かけたらしい。階下には誰の姿もなく、ダイニングのテーブルには鶯生の分の食器だけがセットしてある。

鶯生は香をテーブルに下ろすと、ブランチの準備をはじめた。

味噌汁、ご飯、ほうれん草のお浸しは鶯生の母親が出かける前に用意しておいてくれたもの。プラスして、鶯生が自分でスクランブルエッグをつくる。

香はそれらを横から小皿にもらって食べた。結局手摑みするしかなくなってしまうのは辛《つら》いけれども、この身体でものを食べることにもだいぶ慣れた。

食べ終わった食器を片付けると、鷲生はダイニングの椅子を逆さにしてテーブルの上に上げはじめる。

——出かけるとき、椅子を上げてルンバのスイッチを入れて行ってね

という指令が下っていたためだ。

一連の作業に、何か手伝えることはないものかと香は思うが、この身体では、できることはほとんどないに等しかった。

(世話になるばっかりなんだよな……)

「あ、携帯鳴ってない?」

鷲生がほぼ椅子を上げ終わったとき、香は二階から覚えのある電子音が微《かす》かに聞こえてくるのに気づいた。

「ほんとだ」

鷲生のスマートフォンは、部屋に置いたままだ。ちょっと待ってろよ、と彼は香を残し、足早に二階へと階段を上がっていった。

それを見送って、香はルンバを見下ろした。

（あの真ん中のボタンを押せばいいんだよな？）

それくらいなら、今の香にもできそうだ。ロボット掃除機のスイッチを入れることが「役に立った」ことになるのかどうかかなり疑問だったが、香はダイニングテーブルの脚を伝って床を目指した。

結果、ほとんどすべり落ちることになってしまったが、それはともかく。

「痛て……」

香は尻をさすりながらキッチンの片隅に置いてあるルンバへと歩み寄り、真ん中のボタンにダイブした。

音を立ててルンバが動き出す。

「よし、成功、っと、うわ……！」

だがその瞬間、香は思わず声をあげていた。

（降りるときのこと、考えてなかった……！）

我ながらバカではないかと思うが、後悔しても遅い。

普通サイズの人間から見ればたいしたことはないのだろうが、香にとってはけっこうな速さでルンバは動く。しかも、適当に動いているとしか思えないような動きでまっすぐ進んだり、家具にがこんとぶつかって向きを変えたりする。

「ああっ！」

そのたびに香は衝撃で振り飛ばされそうになった。

「お、鶯生……っ」

これ以上、情けない姿を見せたくないという見栄と、迷惑をかけたくないという思いに苛《さいな》まれながらも、背に腹はかえられず、たすけを求める。

けれども、距離があるうえに掃除機の騒音に掻き消されて、香の声は彼のところまで届かないようだった。

どうにか飛び降りることができないかと思ったが、下はフローリングだし、怪我をしてしまいそうだ。単純に怖いという以上に、今の香の身体では、骨でも折ったら治療ができない。

（そうだ、せめて絨毯《じゅうたん》の上に移動したときに飛べば……）

やわらかいところに転がれば、骨折は免れるのではないか。

「ひいいっ」

だがルンバは、絨毯まで到達するより先に、脚つきのチェストに向かって突進しはじめたのだ。

ルンバがあの下に入り込めば、上にいる香はどうしたってチェストの底に引っかかってはね飛ばされる。

香は悲鳴をあげ、両手で顔を覆《おお》った。

(……え……?)

けれども予想していた衝撃は、いつまでたってもやってこなかった。

香は閉じていた瞼を開けて、そろそろと指の隙間《すきま》から前を見た。

「ツバメ……!」

チェストとルンバのあいだに、いつのまにかツバメが姿を現していたのだ。そしてルンバはその腹にぐりぐりと体当たりしていたにもかかわらず、巨体は箱座りしたままびくともしていない。

香にとっては、千載一遇のチャンスだった。

「……っ!」

香はルンバからツバメの背中へと、必死で飛び移った。

(やったあ……!)

移動に成功し、ほっとして涙ぐみそうになりながら、ぎゅううっとツバメに抱きついた。たかがこの程度のことでも、小さな身体にとっては命取りになるところだったのだ。

「ありがとう、ツバメ」

頭のあたりの毛を撫でる。ツバメとしては、意識的にしたことではないのだろうけれど、本当にたすかった。

ツバメは香の感謝を理解しているのかどうか、何ごともなかったかのように、立ち上がって歩き出す。

「うわ……！」

また落ちそうになって、香は慌てて首輪に捕まった。

（っていうか今！　ツバメの背中に乗ってる……！）

そのことに気づいて、香の胸に嬉しさが込み上げてきた。感動していると言ってもよかった。

普通サイズの人間が、ライオンの背に跨ったくらいの価値がある気がした。

「鶯生、鶯生……っ！」

掃除機の音に掻き消されて聞こえないかもしれないけど、と思いながら、香は声を張り上げる。

電話を終えた鶯生が、ちょうど二階から降りてきたのはそのときだった。

「香？」

「ここ……！」

手を振ると、気がついて近づいてくる。鶯生は香とツバメの前に跪《ひざまず》き、しげしげと眺《なが》めた。

「へえ……仲良くなったもんだな」

「うん。もうすっかり仲良しなんだぜ」

だから、鶯生がいないあいだに何が起こったのかは、香とツバメだけの秘密だ。へへ、と香は笑った。

「な、写真撮って！」

「ああ」

ねだると、鶯生はそのままスマートフォンで撮ってくれる。どや顔で胸を張ると、鶯生は吹き出した。

「電話終わった？」

「ああ。母さんから、降るかもしれないから洗濯物入れておいてってさ。ルンバ、おまえがスイッチ入れてくれたの？」

「ま、まあな」

「よくできたな。ありがと」

「どういたしまして。ま、これくらいはな」

にっこりと笑うと、鶯生は香の頭を撫でてくれる。

「じゃあ、そろそろ支度《したく》して出かけようか」

と、彼は言った。

鶯生の部屋へ戻り、クローゼットを漁《あさ》って検討したあげく、香は鶯生のシャツの胸ポケットに入って行くことになった。

幸いポケットにはそれなりの大きさがあって、やや窮屈とはいえ、中でどうにか座れるし、膝をついたかたちで顔だけ出すこともできる。

そして上から少し厚めのジャケットで隠せば、ぱっと見ではまったくわからなくなった。

ちなみに、香の服は妖精のドレスだ。

仔チワワ服を着ていくことも考えたのだが、前裾が短いのと、寝間着として着倒してよれよれになっていたのとで諦めた。

（……っていうか、誰に会えるわけでもないんだから、どうでもいいようなもんだけどな……っ）

胸ポケットの中は、それなりに安定感があってあたたかく、居心地は良かった。

「大丈夫？」

と、鶯生が何度も聞いてくれるのも悪くない気分だ。

デパートへ着くと、玩具《おもちゃ》売り場へ上がり、人形の服コーナーを探す。

「このあたりかな？」

という言葉を聞いて、ジャケットの陰から窺えば、プラケースに入った人形の服がずらりと並んでいた。

「どれがいい？」

「えーっと……」

鷲生にコーナーの前をゆっくり歩いてもらい、服を見る。けれども目当てのものが見あたらない。

「……男物の服がない……」

女子用の服は物凄くたくさんあるのに、男子用の服はまったく見つからないのだ。

「うーん……。ボーイフレンドの人形があるんだから、服もあるはずなんだけどな。……あ、これは？」

「あ……！」

鷲生が手にとって見せてくれたのは、たしかに男物の服だった。オーソドックスなジャケットスタイルのものと、Tシャツに短パンのセットだ。

「これ、どこにあった？」

「ほらここ」

示された場所には、たしかに鷲生が手にしていたのと同じものが置かれていた。だが、それだけだ。

「これ二着だけ？　他には？」

「うーん……」

二人で探してみたけれども、どうしても他には見つけられなかった。

「売れないからつくらないんだろうな……」

と、納得するしかない。

「くそ……いくら売れないからって、たった二着ってひどくね？」

「まあ、ゼロじゃないだけマシって思うしかねーよな」

「ったく、おまえだって何着でも好きな服買ってやるとか言ったくせに……っ!!」

別に鶯生が悪いわけではないが、あたらずにはいられなかった。

なのに鶯生は、

「女の子の服で欲しいやつねーの？　どれでも買ってやるのに」

「あるわけないだろ……!!」

香は声を荒らげ、ポケットの中に深く沈んだ。

鶯生はやれやれと苦笑する。

「あ、かわりにこれなんかは？」

「なんだよ？」

「お食事セット。皿にフォークとスプーンがついてる」

「えっ」

それはちょっと惹かれる話だった。手摑みの食事から抜け出せる！

再び顔を出すと、そこは人形グッズのコーナーだった。お食事セットの他に、お風呂セットやお医者さんごっこセットなどもある。

実用性は甚《はなは》だ怪《あや》しかったけれども、香は鶯生にねだってそれらをいくつか買ってもらった。

小さくなってから、鶯生はなんだかやさしくなった気がする。

「機嫌直った？」

「ま、まあな」

レジで精算を済ませ、玩具売り場を出た。

そしてデパートの中を適当に冷やかしながら、エスカレーターで下っていく。

特に目当てはないものの、ひさしぶりのウィンドーショッピングは楽しく、時間がたつのを忘れた。

やがて少し疲れて、お茶でもしようかと言いはじめた頃のことだった。

「鶯生……！」

ふいに声をかけてきた女性がいた。

「偶然ね。こんなところで会うなんて」

「おひさしぶりです。こっちに戻ってきてたんですか？」

「本格的に帰国するのはもう少し先になるんだけど、手続き関係とかいろいろで、ちょっとだけ帰ってきてるの」

二人は立ち話をはじめる。ジャケットの陰で聞いた内容から推察すると、彼女は鷲生の会社の先輩で、外国に転勤していたが、そろそろ戻ってくるらしい。

「私がこっちに戻ったら、また食事でもしましょうよ。あの頃は毎日、凄く素敵な花束をくれて嬉しかったわ」

その言葉に、香はびくりと反応してしまった。

そんな予感はしていたけれど、彼女は鷲生が花束を贈ったひとりだったのだ。

（……どんな人なんだろう）

物凄く気になった。

顔を出して見つかりでもしたらまずいのはわかっているのに、どうしてもその気持ちを抑えられない。

香はジャケットの陰から、そっと覗いてみた。そして思わず目を見開く。

（……綺麗な人）

美人だろうとは想像していたけれども、これほどとは思わなかった。華やかなだけでなく、切れ長の大きな瞳に、聡明さがにじみ出て見える。

(……この人が、鶯生と……)

香は何故だかひどいショックを受けていた。

今まで花束を通して鶯生の相手を想像したことはあっても、実際に本人を目にしたのはこれが初めてだったのだ。

彼女が視線を香のほうへ向けそうになり、慌ててジャケットの中に隠れる。

それでも彼女の面影は、香の瞼から去らなかった。

(どの花束の女性だろう)

香は記憶をたどった。

(何年か前で、知的で上品、だけど華やか、年上……)

今さら話題にするほど満足してくれていたのなら、きっと彼女にぴったり合うものをつくれていたのだろう。

脳裏に浮かぶのは、青いデルフィニュームとシャンパンカラーの薔薇でつくった花束だ。

「ところで、今日は会社の買い物か何か?」

と、彼女は鶯生に問いかけていた。

「会社の?　どうして?」

「だって今、同じフロアで土谷《つちや》君を見かけたわよ。一緒に来たのかと思ったんだけど、違うの？

凄い偶然ね」

「そうですね……」

鶯生は何か引っかかっているようだ。

「っていうか、ちょっと気をつけたほうがいいかもしれないわよ。彼、あなたが抜擢《ばってき》されたこと、
実力じゃないとか悪口言いまくってたって聞いたから」

「ええ、そうします」

「ま、それはともかく、ひとりならこれから一緒にディナーでもしない？　まだちょっと早いけ
ど、この近くに美味しいお店があるの」

（え……）

どきりとする。

まさかこんな状態の香を連れているのに、彼女と食事に行くわけはない。……とはいえ鶯生は、
基本的には誘われれば拒まないタイプだ。

（……それに、彼女といて楽しそうだし）

綺麗な女性だし、香と違って、鶯生とつりあう大きさの、普通の人間だ。挿れることだってで
きる。——香としたような、変則的な行為じゃなくて。

（……しかも、あれからしてないし）

一緒に風呂には入っても、鶯生が誓ったとおり、もうああいうことはしていなかった。

香は洗面器に張った湯につかり、鶯生の膝のかわりに、鏡の下の段になったところに座って身体を洗うばかりだ。

香は無意識に、ポケットの端をぎゅっと握り締めていた。

鶯生は、香の世話をしはじめてからは、多分誰とも会わずにまっすぐ帰ってくれている。でも本当は、たまにはデートぐらいしたいはずだった。

毎日のように花束を注文しに来ていたくらい、相手には事欠かなかった男なのだ。

（……それを俺が邪魔してるんだ）

そう思うなら、行ってもいいよ、と伝えてやるべきだ。喋るわけにはいかないけれど、シャツ越しに合図するなりすればいい。

彼女とデートしても、香がおとなしくしてさえいればばれずに済むだろう。数時間黙ってじっとしているのは辛いけど、我慢できないことはない。

世話になっている鶯生に報いるために、それくらいはしてやってもいいはずだ。

なのに、香にはどうしてもそう伝えることができなかった。

（……いやだ）

鶯生が彼女とデートすること自体が、嫌でたまらなかった。

それどころか、今こうして鶯生が彼女と楽しげに話をしているだけでも、身が捩れるような苦しさを覚える。彼の胸を、拳《こぶし》で思い切り何度も殴りたくなる。

そのことに、香は愕然とした。

(俺……鶯生のことが好きなんだ)

だから風呂で身体を弄られても、嫌じゃなかった。自分からふれることもできた。あれ以来、何もしないのが、少し寂しかった。

——もうしないから、絶対
と謝ってもらっても、全然嬉しくなかった。

鶯生の女の子に対する扱いが嫌だったのも、本当はゆるせないという以上に、嫉妬《しっと》していただけだったのかもしれない。

ふいに香の脳裏に、

——おまえはきっと緑の指を持ってるんだな
そう言ったときの、鶯生の綺麗な笑顔が浮かんだ。

(もしかしたらあの頃から、鶯生のことが好きだったのかもしれない)

たったあんなひとことで、将来を決めてしまうほど。

でも、自分の気持ちに気づいても、どうにもならないことはずっとどこかでわかっていたのだと思う。

鶯生はもともと、香のことはただの幼なじみとしか見ていない。でなければ、あんなに何度も他の娘《こ》のための花束を頼みに来るわけがなかった。

全部わかっていたから、目を瞑《つぶ》って見ないふりをしていた。でも本当は、鶯生が他の誰かとデートするのが、凄く嫌だった。

(そっか……そうだったんだ……)

封印が解かれてしまった。

香はショックを受けるあまりいつのまにかぼうっとして、何も聞こえなくなっていた。

「香、……香?」

軽く頬をつつかれて、ようやくはっと我に返る。

同時に、鶯生にポケットから摑み出された。

周囲を見回せば、既に夕食の店に着いているようだった。昨日インターネットで選び、予約しておいた個室のある懐石料理店だ。

「どうしたんだよ、さっきから生返事ばっかかして。ひさしぶりの外出で、疲れた?」

「……彼女は?」

「はあ？　あの場ですぐ別れただろ。今頃何言ってんだよ」

「一緒に食事するのかと」

「まさか。できるわけないだろ」

「……そうだよな」

そりゃあそうだろう、と思いつつ、ほっとする。そして、ふと思い出して聞いてみた。

「なあ、おまえが彼女にあげた花束って、青いデルフィニウムとシャンパンゴールドの薔薇とか？」

「あ？　ああ、多分それもあったかな……？」

鶯生は首を傾げる。

「なんでわかった？」

「なんとなく。雰囲気がそんな感じだったから」

「へえ……よく覚えてんな。彼女が転勤になる前のことだから、二年はたってるだろ。さすがプロだね」

感心したように言ってくれるが、そんな立派なものかどうか。

鶯生のためにつくったものだったから、覚えていただけのような気がするのだ。花束ひとつひとつを贈られる相手に、いちいち嫉妬していたから。

まとめて運んできてくれるように頼んであった料理がすべて揃い、二人きりになると、鷲生は先刻デパートで買ったばかりの「人形のお食事セット」を取り出した。お冷やで軽く洗い、香にスプーンとフォークを渡してくれる。

「懐石はひとつひとつの器が小さいから、おまえでも食べやすいかな？」

と言いつつ、大きいものは箸で小さくして、「お食事セット」の皿に盛りつけてくれた。

（……迷惑かけてるよな……）

と思う。この姿になってから、何もかも鷲生にやってもらっている。香からしてやれることは、ほぼ何もない。

（……どうしてこんなことになっちゃったのかな）

すぐに元に戻れるみたいに思っていたけれども、もしずっとこのままだったら。

いずれは鷲生も本当に好きな人ができて、結婚したりもするだろう。そのときは？

「ん？」

「え、いや何でも」

ついじっと見つめてしまっていたらしい。香は慌てて首を振った。

鷲生は、同じく買ったばかりの人形用の卓袱台《ちゃぶだい》を出して皿をセットし、持ってきたハンドタオルを四つ折りにして座布団までつくってくれた。

「どうぞ？」

「う、うん……。こんなふうにすると、美味そうだな」

香はそれに座ると、いただきます、と手を合わせた。

そして胸の痛みを押し殺して、小さなスプーンを手に取った。


夕食を終えると、香の店へ寄った。結局、雨は降らずに済んだようだ。

最初の日以来、毎朝晩、鷲生は香の指示するとおりに花の世話を続けてくれていた。

会社もあるのに、すぐに音を上げるかと思っていたら、意外だった。

(なのに……)

日持ちしない花は最初のうちに同業者に引き受けてもらっていたけれども、それ以外の花にも、そろそろ売りものとしては微妙なものが出てきた。

(このへんのも、一緒に渡しておけばよかったかな)

「なあ、これ、おまえの家に飾ってもらえないかな？」

と、香は言ってみた。

「え？」

「もう長くはもたないからさ。いつ店を再開できるかわからないし、このままここで朽《く》ちるより、少しのあいだでも、誰かの目にふれるところに飾ってもらえたら……。せっかくおまえが一生懸命世話してくれたのに……ごめんな」

ちゃんとお客様のもとに届けることができなくて。

そうか、と鶯生は小さく呟いた。

「可哀想だな。せっかくこんなに頑張って、綺麗に咲いてるのに。大事にしてくれる人のところに渡してやりたかったな」

「……鶯生……」

彼がそんなことを言うとは思わなくて、香は少し驚いた。

花の一番綺麗で華やかなところだけしか見ないまま、女の子に喩えるようなやつだったのに。

（そういえば、それで喧嘩したんだっけ……）

ひとりに決めて、もっと女の子を大事にしてやれ、なんて言ったのだ。

今思えば、あれも嫉妬から来た科白だったのだとわかる。

鶯生が、たくさんの女の子とつきあってるのが気に入らなかった。

（でも、これからは少し変わるのかも）

花と同じように、女の子を大事にすることを覚えて、ひとりだけを選んでやさしくするようになるのかもしれない。

(そうなったら……)

もっと嫌だ、と香は思わずにはいられなかった。

「花を持って帰ったら、母さんも鴇子も凄く喜ぶと思うよ。そういえばあんなに何度もこの店で花を買ってたのに、家に持って帰ったことなんてなかったもんな」

と、鶯生は言った。

「あとで花束のつくりかた、教えてくれる？　俺がやってもあんまり上手くはできないだろうけど、家用ならかまわないだろ」

「うん……」

香は、鶯生がいつもの水替えや水やりなどの作業を終えるのを、鉢植えの縁に座って待った。

鶯生は、バケツを持って裏の水栓のほうへ行く。

水音を聞きながら、香は深く吐息を零した。

少しして、裏の硝子ドアの開く音が聞こえた。

「早かったな」

と、花の陰から顔を覗かせる。そして香は息を呑んだ。

そこに立っていたのは、鶯生ではなかったからだ。

黒っぽい服を着て、眼鏡《めがね》とマスクで顔を隠した、見るからに不審な男だった。その男と目が合った。

人形のふりをするか、逃げるか、一瞬迷う。

けれども侵入者は、まっすぐに香のほうへ向かってきた。

香は鉢から飛び降りて、逃げ出した。鉢の乗っていた棚の上を、ドアとは逆方向に走る。だが棚の端までたどりつかないうちに、男に摑み上げられた。

「お……」

鶯生の名を呼ぼうとした口を、顔ごとてのひらで覆われる。

(鶯生……)

彼にたすけを求めるどころか、呼吸さえできない。

香は侵入者の手の中で、意識を手放していた。

5

気がついたとき、真っ先に目に飛び込んできたのは、檻《おり》だった。

（生きてたんだ……。けど、ここはいったい……？）

檻――というより、虫籠のようなものに入れられているようだった。

（虫あつかいか……）

猫にベッドから追い出されたり、仔チワワの服を着せられたりいろいろあったけれども、ついには虫籠か、と思う。

香は身を起こしながら、周囲を見回した。

そして迫ってくる見たこともない顔を見つけて飛び上がりそうになる。

「おはよう、妖精さん」

「ひっ……」

無意識に後ずさると、すぐに背中が檻に突き当たった。

相手は知らない男だが、店に侵入してきたあのマスクの男と同一人物なのだろう。

（なんで俺を……!?）

まっすぐに突き進んできた足取りを思い出せば、最初から香のことを知っていて攫《さら》いに来たとしか思えなかった。

「やっぱり本当に生き物なんだな。俺の喋ってる言葉、理解できる？」

あたりまえだ、と答えてやるのも忌々《いまいま》しくて、香は黙ったまま相手を睨みつけた。

「わかるみたいだな。あいつが突然、人形の服なんか買いはじめたときには気でも狂ったのかと思ったけど、君のためだったわけだ」

あいつ、というのは鶯生のことらしい。

「……俺はね、春日井の会社の先輩で、土谷竜太《りゅうた》って言うんだ」

その名前には、ぴんと来るものがあった。

「俺を知ってるみたいだね。春日井から聞いた？」

デパートで会った女性が、同じ会社の「土谷君」を見たと言っていた。鶯生が抜擢されたことで、かなり陰口を叩《たた》いていたという。きっとその男が目の前の彼なのだ。

そういえば鶯生も以前店に来たとき、仲のよくない先輩の姿を見たと言っていたことがある。

「最初は偶然、あいつが昼休みにデパートの玩具売り場に入っていくのを見かけたんだ。こっそりついていってみたら、凄く一生懸命、楽しそうに人形の服なんかを選んでた」

きっと香に妖精のドレスを買ってきてくれたときのことだ。

「会社に戻ってからもずいぶんご機嫌でね。そういう変な趣味があったのかとずいぶん驚いたんだけど、考えてみたら親戚《しんせき》か知人の娘にでも贈るために買っただけかもしれないし、早合点はよくないだろ。で、俺はそれからしばらく春日井のあとをつけてみることにしたんだ」

その発想に、香は呆《あき》れた。

後輩に変な趣味があるかもしれないからと言って、どうしてあとをつけようなんて気になるのか。

「そしたら会社の帰りに花屋に寄って、人形と会話してるだろ？　本格的に変態だ、動画に撮って言いふらしてやれ、と思ったら――」

変態はどっちかと言いたい。人形と会話するのも微妙かもしれないが、後輩を嗅《か》ぎ回るのは、相当おかしい。

「人形が動いた」

「……」

「それに耳を澄ましてみれば、声も聞こえた。なんと人形が喋ってたんだ。――というより、人形じゃなかったんだな。俺は自分の気が狂ったのかと思ったよ。でも何日か観察し続けるうちに、幻覚でもなんでもない、本当にあれは生きてるらしいって結論に落ち着いたんだ。しかも春日井は、その生き物を、ずいぶん可愛がってる。奪ってやったら相当なダメージをあたえられるだろう、ってね」

「――……」

「君は何者で、あいつの何？　いつからこんな姿になったの？　それとも生まれつき？」

「……」

「喋れるんだろう。答えてよ。どうしたらあいつには一番堪えるかな？　殺して死体を送りつけるとか？　でも、殺すのはいつでもできるし……手足を一本ずつもいで、パーツを送りつけるのもありだね」

ぞっと背筋が冷たくなる。

香の顔が青ざめるのを見て、土谷は笑った。

「――あのたいして有能でもないくせに調子がよくて、上に取り入るのだけは上手い空っぽ野郎に、思い知らせてやる」

「あ……あんたちょっとおかしいんじゃないのか……!?」

鶯生を罵る言葉に堪えきれず、香は思わず叫んでいた。

「後輩に先を越されてどれほどむかついたのか知らないけど、そんなの実力だろ!? 逆恨みにもほどが」

「うるさい!!」

土谷は怒鳴りつけてきた。

虫籠の蓋を開け、手を突っ込んでくる。

香は背中を奥の格子につけて、できるかぎり避けようとしたが、ほとんど効果はなかった。男の手に掴まれ、引きずり出されてしまう。

間近で矯《た》めつ眇めつされ、気持ちが悪くてならなかった。

「……君、よく見ると意外と可愛い顔してるな」

「……」

「そうだ、いいこと思いついた。君を嬲《なぶ》って、あいつにその動画を送りつけてやるっていうのは?」

「――冗談……っ……」

香は足を振り回して暴れた。

「うわっ」

手から飛び出し、机に飛び降りる。けれどもまたすぐに捕まってしまう。

「手こずらせやがって……！」

頬を撲《ぶ》たれ、首がもげるかと思った。

土谷は香の両脚を、輪ゴムで簡単に一纏《ひとまと》めにしてしまう。そうしておいて、スマホを取り出すと、動画を撮れるように設定した。

香はそのあいだに這って逃げようとしたが、逃げおおせるはずもなかった。

「さてと……一見人間を小さくしたみたいに見えるけど、中身も一緒かな？」

土谷はぴら、と香のドレスの裾を捲《まく》った。下着はついていなかったので、ノーパンの状態だ。

「男の子か……！」

覗き込み、土谷は声をあげた。

「はは、春日井がそういう趣味だったとはね……！」

「ちが……鶯生は……っ」

「君に悪戯《いたずら》してるんだろ？　こうやって」

性器にふれられて、香はびく、と息を呑んだ。気持ちの悪さに鳥肌が立った。

土谷は机の抽斗《ひきだし》から、虫眼鏡を取り出した。そして裾を思い切り捲り上げ、股間を覗き込んでくる。

「精巧にできてるな……。本物をそのまま小さくしたとしか思えない」

呟きながら、指先で弄る。

「これ、勃つの？」

「痛……っ！」

親指と人差し指で揉まれ、香は悲鳴をあげた。潰される、と思った。

「ああ、ごめんごめん。指だと強すぎるのか。簡単に潰したらつまらないもんな」

少しも悪いなどとは思ってなさそうにそう言ったかと思うと、土谷は香の股間をいきなり舐め上げてきた。

「ひ……っ!!」

嫌悪感で、香の頭は真っ白になった。

「やめろ、放せ……！」

ぬめぬめとした舌の感触に吐き気がした。胃の中のものを全部戻してしまいそうだった。

鶯生に咥えられたときには、軽く吸われただけで達してしまうほど気持ちがよかったのに、どうしてこんなにも違うのだろう。

「嫌だあ……!!」

こんなふうに嬲られるくらいなら、死んだほうがましだとさえ思った。

（……いっそ舌を噛み切れば）

死ぬのはとても嫌だけれど、それもありかもしれないとも思う。

鶯生に変な動画を送りつけられ、このままこの男に飼い殺しにされるくらいなら。

それにこんな身体になってしまって、たとえ鶯生の許へ戻れたとしてさえ、香の存在は鶯生にとって迷惑でしかないのだ。

食事も風呂もトイレも、何もかも自分ひとりではできなくて、鶯生に面倒を見てもらわなければならない。役に立つようなことは、何もしてやれない。邪魔になるばかりだ。

(それに……いつか鶯生に本当に好きな人ができたら)

鶯生は自分を邪険に扱うようなことはないだろう。変わらず面倒はみてくれるかもしれないけれども。

二人のしあわせを、香はすぐ近くで見ていなければならない。

(……見たくない)

それくらいなら、ここで死ぬのもありかもしれない――。

玄関のチャイムが激しく鳴ったのは、そのときだった。

香ははっと我に返った。

(逃げるチャンスかも……!)

「だ……」

香はたすけを求めようとした。けれどもその口を土谷が塞ぐ。

彼はチャイムを無視しようとするが、訪問者は去らず、扉《とびら》を叩く音まで聞こえてくる。

「先輩……！　いないんですか……!!」

やがて外から声がした。

「いるんでしょう!?」

（鶯生……!!）

鶯生の声だった。香は死に物狂いで、自分の口を塞いでいる土谷の手に噛みついた。

「痛っ!!　この――」

「鶯生……!!」

渾身《こんしん》の声で叫ぶ。

「この、おとなしくしろ……！」

再び頬を殴られた。強烈な衝撃に、脳震盪を起こしたようになる。

気がつくと、ドアの向こうは静かになっていた。

（鶯生……）

「諦めたらしいな」

と、土谷は鼻で笑った。

彼はカッターを取り出し、香の目の前でカチカチと刃を出してみせた。

（……鶯生……）

彼を呼んだ声は、ドアの外までは届かなかったのだろうか。

殺される、逃げなきゃ、と思うのに、殴られたせいか、身体に力が入らなくなっていた。

土谷は香の首のつけねに刃を押し当ててきた。

「動くと本当に皮膚《ひふ》が切れるよ」

囁いて、ドレスの前を引っ張り、切り裂いていく。

香の胸があらわになると、土谷は指先を服の中へ突っ込み、撫でまわしてきた。

「……っ……」

息が荒くなっていくのが気持ち悪くて、ぎゅっと目を閉じる。鳥肌が全身に広がっていく。

硝子の割れる音が響いたのは、そのときだった。

どうにか視線を向ければ、掃き出し窓の向こうに鶯生がいるのがぼんやりと見えた。

（鶯生……）

「香……っ」

彼はスパナで硝子を割り、そこから手を突っ込んで鍵を外すと、部屋の中へ踏み込んできた。

「香を放せ……！」

「うるさい……！　それ以上近づいたら、この生き物の命はないぞ……！」

土谷は香を掴み上げ、首にカッターの刃を押し当てる。

鶯生の動きが止まった。

「ふふん……この小さいのがよっぽど大事らしいな」

土谷は香の尻を、これみよがしに舐め上げた。

ぞっと鳥肌が立つ。意識がぼうっとしていても、嫌悪感だけは感じるのが不思議なくらいだった。

「きさま……っ」

「おっと。近づくなって言っただろ？」

「……っ」

「そうだな……こいつを返して欲しかったら、そこで土下座してみろよ」

「土下座!?」

「そうだよ。土下座して、分不相応な役職に就いて申し訳ありませんでしたと言うんだ」

そんなことを言わせたからと言って、何になるというのか。既に決まった役職が変わるわけでもないのに、土谷は悦《えつ》に入っていた。

「ほら」

と、カッターを更に強く香に突きつける。首が少し切れて、すっと血が伝ったのがわかった。

鷲生は、がくりと膝を折った。

「や……めろ、鷲生……っ」

叫んだつもりの声が掠れる。

(そんなことしたって、こいつが約束守るわけないだろ……!!)

それでも鷲生はやめなかった。両手を床につく。

(いやだ……!)

自分のために、鷲生にこんな屈辱を味わわせるのはたまらなかった。

香は土谷の手の中でわずかに身を捩った。ようやく少しだけ身体が動くようになりかけていた。

鷲生に気を取られていた土谷は、はっとして香を摑みなおす。そのとき届く位置に来た彼の指に、香は渾身の力を振り絞り、皮膚を食い破るつもりで嚙みついた。

「うわっ……!!」

緩んだ土谷の手からすべり落ちる。

(あ……)

この小さな身体で床まで落ちたら、ひとたまりもない。きっとトマトのように潰れてしまう。

(……せっかくあいつから逃げられたのに……)

そう思うと悔しい。でも、これでもう鶯生に迷惑をかけることもなくなる。

（さよなら鶯生）

また意識が遠のいていく。

けれども床に届く寸前、香はやわらかいものに受け止められていた。

（え……？）

ぎゅっと閉じていた目を薄く開ければ、鶯生のてのひらだった。かなりの距離があったのに、必死で飛び込んできてくれたのだ。

勢い余って、鶯生は土谷の脚にも頭突きを食らわせることになる。土谷もまた吹っ飛ばされて転倒した。

「香……!!　大丈夫か!?」

「……鶯生……」

小さく頷く。

「よかった……おまえぐったりしてるし、もうどうなるかと思っ……」

覗き込んでくる鶯生の瞳から、ふいに雫《しずく》が零れ、香に落ちてきた。あたたかい涙だった。

「鶯生……？」

香は首を傾げる。けれどもその涙で、他の男にふれられた身体がすっかり清められたような気持ちになった。

鷲生は照れたように手の甲で目許を拭った。香を胸ポケットへ納め、立ち上がろうとする。

「この野郎……！」

そこへ一足先に起きあがった土谷が、カッターを振り翳《かざ》して襲いかかってきた。

「鷲生……っ!!」

鷲生はその手を掴み、土谷の腹に蹴《け》りを食らわせた。一発で、土谷は再び床に沈む。

鷲生は吐息をつき、落ちていた携帯を拾った。

香を嬲る動画を撮っていたものだ。その後も止めてはいないから、撮れているかどうかはともかく、一部始終が録音されているはずだった。

それを停止させ、鷲生は言った。

「これは没収します」

「え……!?」

「今度香に手を出したり、よけいなことを外に漏らしたりしたら、これを警察と会社に届けます。いいですね」

「待て、その中には他にも……っ」

土谷は手を伸ばし、取り返そうとする。鷲生はその襟首を掴み上げた。

「今殺されないだけありがたいと思え、この屑野郎《くずやろう》……！」

怒鳴りつけて、床に放り出す。

そして土谷の部屋をあとにした。

6

二人は鶯生の車で、彼の家へ向かった。土谷のマンションからだと、さほどの距離でもない。

窓を割ったスパナは、この車に積んであった工具箱に入っていたものだったようだ。

「……どうした？」

ポケットの中で、脚に巻かれたゴムを外そうともがいていると、鶯生が問いかけてきた。

「ん、ちょっと脚、縛られたままになってて……」

「はあ!?」

鶯生は声をあげた。

「早く言えよ……！」

裾に隠れ気味だったのと、あまりにばたばたしていたのとで、気がついてなかったらしい。

車がスピードを上げる。

「や、そんなに急がなくても大丈夫だから……！」

安全運転で、と一生懸命頼まなければならないほどだった。

家に着き、急いで部屋へ入ってドアを閉める。

鶯生は香をポケットから取り出し、机に座らせた。そして鶯生自身は椅子に腰掛ける。この体勢だと目線を合わせやすい。

「裾、持ってて」

ひら、と持ち上げると、鶯生がていねいに輪ゴムを外してくれた。

「食い込んでるじゃないか……痛かったろ？」

「ん……でも夢中だったから、あんまり感じてなかったかも」

その後、鶯生はカッターで傷つけられた香の首を消毒し、湯で絞ったタオルで身体を拭いてくれた。

そして脚に赤く残っていたゴムの跡に、彼はそっと口づけた。

「……鶯生……」

「本当によかった。おまえが無事で」

「……ほんとにそう思う？」

（俺なんか、迷惑かけるばっかりなのに？）

「あたりまえだろ！　どれだけ心配したと思ってるんだよ……！」

鶯生は、香が誘拐されたあとのことを話してくれた。

彼が店の裏で水仕事を終えて戻ると、鉢から香の姿が消えていた。

「最初は棚から落ちたのかと思ったんだ。骨折でもしたんじゃないかと思うと気が気じゃなくて、でも床を探しても見あたらないし、呼んでも答えないし、……そこでふと、そういえば閉めて出たはずのドアが開いてたことに気がついた。もしかして誰かに攫われたんじゃないかと思ったら、心底ぞっとしたよ」

鶯生は、今日のデパートでのことと、前にこの店でも土谷を見たことがあったことから、彼が犯人なのではないかと疑った。

「会社であいつと親しい人に頼み込んで住所を教えてもらって、駆けつけたら、中からおまえの声が聞こえたんだ」

「……ありがとう。おまえが来てくれなかったら俺」

手足をもがれて嬲られたあげく、殺されていたかもしれなかったのだ。

お礼を言いながら、香は涙ぐみそうになる。

「いや、そもそも俺のせいでもあるんだから。俺があいつに恨みを買わなかったら、こんなことにはならなかっただろ」

「そんなの、おまえが悪いわけじゃないだろ……！　一生懸命仕事頑張って、それが認められて出世したんだから、誇っていいんだよ！　勝手に逆恨みしたやつが悪いんだから……！」

「香……」

鶯生は微笑した。

「ありがとうな」

香は首を振った。あたりまえのことを言っただけだ。

鶯生は、香をそっと抱き締め、頭を撫でてくれる。

「それでも怖かっただろ、ごめんな」

鶯生のてのひらがあたたかくて、ついに香の目からじわっと涙が溢れた。

「こ……怖かった……っ。殺されるかと思った。それに、凄い気持ち悪くて……っ」

舐めまわされて、吐くかと思った。

「……おまえにされるのなら、ちっとも嫌じゃないのに」

「香……」

「死んだほうがましだって思ったんだ。そしたら、おまえが来てくれた」

「間に合ってよかったよ。簡単に死ぬとか思うなよ、頼むから」

こく、と香は頷いた。

鶯生がせっかくたすけてくれた命だ。もう粗末にすることなんてできない。たとえこんなに小さくても。

「……でも、ごめん。俺、おまえに迷惑かけるばっかりで……」

「何言ってんの。迷惑とか思ってないよ」

「……だけど、……おまえ、俺がいたらデートもできないし……。今日だって、ほんとはあの人と一緒に行きたかっただろ？」

「あの人？」

「デパートで会った」

「ああ……あんまりいろいろあって忘れてた」

鶯生は軽く笑った。

「できなくていいよ。おまえがいればいい」

そして香の小さな手を、両手で握り、見つめてくる。

「おまえが好きなんだ」

「——……」

香は声も出なかった。驚いて、今耳にしたことが信じられない。

「……だって……」

声が震えた。

「おまえ、女の子が好きだろ……？　あんなに何人もデートして、花束まで贈って」

「そうだな。嫌いじゃないけど……でも今考えてみると、おまえに会う口実が欲しかっただけだったのかもしれないって思うんだ。幼なじみでも、同じ学校に通わなくなったら、だんだん疎遠になるもんだろ。それが嫌だった。だけど女の子に花束を贈りたいって言えば、自然なかたちで店に行けるから」

そういう理由で花を買ってくれていたのだとすれば、花屋としては複雑なものがある。けれどそれでも、鶯生が口実を設けてまで自分に会いたいと思ってくれていたのかと思うと、やっぱり嬉しかった。

次第に距離が生まれることが嫌だったのは、香も同じだ。それが凄く、凄く怖かった。

「神社で小さくなったおまえを見つけて連れて帰って、泥まみれになってるのを拭いてやって……、他意はないつもりだったのに、なんか凄くどきどきした。裸なんか、子供の頃から何度も見てるはずなのにな。……気持ち悪いか？」

香は首を振った。

（俺も同じ）

スウェットの中に入れられて腹筋に密着したとき、一緒に風呂に入ったときも、心臓がばくばく鳴って止まらなかった。

「小さくなって、いつもと全然違う姿になってるから変なスイッチが入ってるんだとか、自分をごまかしてたけど、……ほんとは前からおまえのこと可愛いと思ったり、つい抱き締めそうになって戸惑ったりすることは、しょっちゅうあったんだ。そういうの、鴇子のほうが先に気づいてたのかも」

「鴇子ちゃん……？」

「ほら、あれ」

鶯生が指したのは、香がベッドにしているティッシュボックスだった。もともとは鴇子が投げて寄越したものだ。

「え？　ええ？」

──香、香ってうるさいのよっ、これあげるからおとなしく寝なさいよ！

「あれ、そういう意味だったのか……!?」

全然気づいていなかった。今頃理解して、顔が火照《ほて》る。

「……や、まあそれはともかく」

鶯生もまた、少し赤くなっている。

「今回のことで、おまえが俺にとってどんなに大事が、よくわかったんだ。おまえが殺されてるかもって思ったら、こっちの心臓が止まりそうだった」

「鶯生……」

香は涙ぐむ。鶯生の言葉を噛み締める。じんわりと心に染みていく。

「でも俺、こんな姿になって、……いつ戻れるかもわからないし……っ」

それどころか戻れないかも知れない。

「何の役にも立たないし、おまえに何もしてやれない。面倒かけるばっかりで……っ」

「別にいいよ、そんなこと。おまえの世話するの楽しいよ」

そう言ってくれるのは嬉しいけど。

「それにセッ……え、Hだって」

香には鶯生と普通に抱き合うことさえできないのだ。

その気になればどんな美女でも選べる鶯生が、抱くこともできない相手とつきあって、何のメリットがあるというのか。

なのに、彼は言うのだ。

「小さいのも可愛いじゃん。今のままでもいいよ。ずっと好きだよ。気持ちは変わらないって誓う」

「鶯生……」

ぼろぼろ涙が零れて止まらなくなる。ここで頷いたら、彼のためにならない。わかってるけど、でも。

「……い……いいのかな、俺……」

鶯生の気持ちに応えても。

「あたりまえだろ」

「……鶯生」

「うん？」

「た……たまになら、浮気してもいいよ。あ、でも絶対ばれないようにして欲しいけど……っ！」

鶯生なら上手く隠せるはずだ。

「ばか、しねーよ」

清水《きよみず》の舞台から飛び降りるような気持ちで言ったのに、鶯生は笑い飛ばした。

「俺が最初に覚えてるおまえの笑顔は、……小学生のときだったかな？　おまえのチューリップが凄く綺麗に咲いてて、俺が褒めたら、おまえがニコ、って笑ったんだ。チューリップよりもっと可愛かった。本当はあのときが、俺の初恋だったのかも」

「鶯生……忘れてなかったんだ……」

それは香にとっては宝物のような記憶だったけれど、鶯生は絶対に忘れていると思っていた。

でも、彼は覚えていてくれたのだ。

「ずっとおまえを守るよ。その役を誰にも渡したくない」

「……っ」

香はしゃくりあげた。

「でも、これからもHなことはさせてね」

風呂でやったようなやつ、と囁いて、片目を閉じる。

「う……」

手の甲で涙を拭いながら、

「ああいうのでいいなら、俺、頑張る」

香がそう言うと、鶯生は笑った。香も笑ったが、涙は止まらなかった。

「鶯生……っ、ほんとは俺も、ずっとおまえのことが好きだったんだ……っ」

小さな唇に、鶯生のキスが降りてくる。

ふれあうと、香は鶯生の唇を一生懸命舐めた。舌を絡めることもできないのかと思うと悲しくなるけど、それでも、せめて。

と……。

(え……?)

目の前がすうっと白くなったのは、そのときだった。

「香……!?」

鶯生が呼びかけてくる。

(この感覚……どっかで)

意識が霞《かす》み、ふらりとぐらついた身体を、彼が受け止めてくれる。

(……でも、なんだか今までと違う)

すぐに頭がはっきりしてきて、ゆっくりと瞼を開けると、やや下の目線に鶯生の顔があった。

「……え……? これ……、俺……?」

自分の手や、周囲を見回す。見慣れたはずの鶯生の部屋が、今までとまったく違って見えた。

「戻ったんだよ……!」

「戻っ、た……?」

鶯生が、ふいにぎゅっと抱き締めてきた。身体がぴったりと密着する、あたたかくて安心するような、そのたしかな感覚も初めてのものだった。

一度は止まりかけた涙が、また溢れた。

「な……んで?」

「王子様のキスで?」

と、鶯生は笑った。

「本当のところはわからないけど、ま、どうして小さくなったのかもわからないんだからさ」

たしかにそれはそうだけど。

——願い事が叶う薬だよ。願い事を心に念じながら飲んでごらん
香は占い師の言葉を思い出す。

あのとき無意識に願っていたのは、鶯生に好きになってもらいたいということだったのかもしれなかった。

鶯生に思い知らせてやりたい、と思ったのは、香自身の気持ちを、だ。

あのときの老婆は、本当に魔法使いのお婆さんだったのかもしれないと思う。

再び鶯生の唇が重なってきた。

香はその背に腕をまわし、しっかりと抱き締める。それができることが、何よりも嬉しかった。


「ん、……ん、ん……っ」

キスを続けるうちに、次第に慣れて応えられるようになってくる。

ざらりとやわらかい舌を擦れあわせ、吸われたら吸い返す。キスしているだけなのに身体が溶けて、下腹までずきずきするほど反応しはじめる。

「んっ……」

脇をすっと撫でられ、思わず息を詰めると、唇が離れた。

鶯生の視線が中心へ落ちる。ふれられもせずに勃ってしまっているのが、ひどく恥ずかしかった。

人形の服は破れて脱げてしまい、視線を遮るものが何もない。しかも香は机に腰掛け、鶯生は椅子に座っているため、彼の視線はちょうどそこへ行きやすいのだ。

もとの姿に戻ってから見られるのは、これが初めてのことだった。

「み……見んなよ」

脚を閉じようとしたが、鶯生は膝に手をかけて、却って大きく開かせてきた。

指で摘まれると、そこが更に反応を示してしまう。

「……可愛いな、大きくなっても」

「ばっ……」

それは小さいと言うことか、と香が声を荒げるより早く、鶯生はぱくりと唇に咥えた。

「あっ——」

あたたかい口内に包み込まれて、びくんと腰が跳ねた。

「あっ、あっ、だめ……っ」

舌で転がすように舐めまわされ、腰が痺《しび》れたようになる。小さかったときに咥えられたのと、全然違う。きちんと口淫《こういん》されている感じ。

「ん、ぅんん……っ」

鶯生の髪を無意識に掴む。彼は少しだけ顔を上げた。

「気持ちい……？」

「……ばか」

聞くなよ、と髪を引っ張る。痛いって、と鶯生は笑う。

「男にするのは初めてだからさ。ちゃんと気持ちよくさせてやりたいんだ」

「んんっ……」

促すように先端を舐められる。

「ここ好き？」

「……ん、うん……っ」

「気持ちいい？」

「……うん……っ」

また頰張られ、喉の奥まで挿れてしゃぶられると、腰が溶けそうになる。

「はっ、だめ……っ……鷲生……っ」

そのまま達してしまいそうになり、香は腰を引こうとした。けれども、鷲生はしっかりと両手で摑んだまま、放してはくれない。

「やだ、だめ、だめ、もう無理……っ」

鷲生の口に出してしまうのは抵抗があった。小さかったときとは違う。彼は男は初めてだと言っていたのに。

それでもどうしても我慢できなくて、香は身体を仰《の》け反《ぞ》らせた。

びくびくと断続的に吐精する。それを鷲生はすっかり呑み込んでしまう。

香はぐったりと鷲生の肩に顔を埋《うず》めたまま、顔を上げられなかった。

「そのままこっちに移って、ちょっと腰浮かせられる……？」

と、鷲生は囁いてくる。彼の手にはハンドクリームがある。花屋の仕事を手伝うようになってから買ったものだ。

彼が何をするつもりなのかを悟って、香はかあっと真っ赤になった。彼を好きなことは自覚したとはいえ、具体的な行為を想像していたわけではなく、今さらのように躊躇《ためら》いが出る。

（で、でも……）

やっと、好きな相手と繋がることのできる身体に戻れたのだ。

（……受け入れたい、鶯生のこと）

香は机から、そろそろと鶯生の膝に移動した。肘掛《ひじか》けの内側に膝を突くかたちで、彼の腰を跨ぐ。

「やっぱ重いな。小さかったときとは違う」

と、鶯生は微笑《わら》った。

「俺に凭《もた》れてていいから」

香は言われるままに上体を倒す。

「辛くない？　大丈夫？」

「ん、平気……」

ハンドクリームで濡らされた手が、香の後ろへまわる。狭間に冷たいものがふれ、息を呑んだ。

「……挿れるよ」

「ん……」

入り口を指先で揉み込み、襞《ひだ》を押すようにして挿入《はい》ってくる。

「……っ……ふ」

「痛くない？」

香は頷いた。

鶯生の長い指は、思っていたよりもずっと深くまで侵入してきた。ぐちぐちと香の中を掻き回す。

「ふ……う……っ、……」

崩れそうになるのを、鶯生の肩に縋《すが》って堪えた。

一度は達して萎《な》えたはずのものが、いつのまにかまた勃ちかけていた。それに気づいて、ひどく恥ずかしくなった。

(お尻なんか弄られて、どうして……)

けれども視線を落とせば、鶯生のものもズボンの中で大きくなっている。

香はそろそろとそこへ手を伸ばした。震える手で前を開け、それを取り出す。

(やっぱり……凄い硬くなってる)

しかもとても熱かった。

「……香」

机に置きっぱなしになっていたハンドクリームを手に掬い、鶯生のものを包み込む。

つい先刻まで、自分自身がこれくらいの大きさしかなかったのかと思うと、少し可笑《おか》しかった。

こうしてちゃんと愛撫《あいぶ》してやれる大きさに戻れたことが嬉しい。

鶯生に後ろを探られるのに委せながら、ぬるぬると擦る。手の中でそれが硬さを増していく。

「あ……っ」

ふいに痺れるような感覚が背筋を貫いて、香は声をあげた。

「……ここ？」

囁きかけながら、鶯生はその部分を続けて押してくる。

「あ、ん、ん……っ」

香は首を振った。そこにふれられると、頭が白く弾《はじ》けそうになる。

「そこ、だめ……っ」

「気持ちよくない？」

「いい、けど……っ、……」

「けど、何？」

「悦《よ》くて……また、先に……」

イってしまう。

「香……」

「あっ、鶯生……っ！」

かまわずに指を増やされ、香は首を振った。

「三本入った。……ほら、わかる？」

と、ばらばらに抜き差しを繰り返す。ぞくぞくしてたまらない。さわられてもいない前が濡れて、鶯生のズボンに染みを落とす。

「ん、もうだめ、もう、いいから……っ」

「挿れてもいい？」

こくこくと頷く。後ろの孔から、指がずるずると引き抜かれる。その感触に、また背筋が震えた。

「んっ……」

鶯生が身体の位置を少しずらし、後ろにあてがってくる。

「このまま力抜いて……ゆっくり腰を落とせる？」

「うん……多分」

香は鶯生の肩に摑まり、そろそろと腰を下げていった。

先端がぬるぬるに解された後孔に潜り込んでくる。

「……っ、……！」

「挿入ってくな……さっきまで小指も無理だったのに」

大丈夫？　と鶯生がまた問いかけてきた。

「痛かったら、やめてもいい」

そこを熱く屹立《きつりつ》させ、息を乱しているにもかかわらず、鷲生はそう言ってくれる。こんなときなのに、香は微笑ってしまった。

「だいじょ……ぶ……」

「可愛いな」

そう言って軽く口づけ、唇を胸に落とされる。

「ここも……、咥えられる大きさになったね」

「ばっ……、あ……！」

軽く食まれた瞬間、腰が崩れた。

同時に鷲生のそれが、ずぶずぶと香を串刺しにしてくる。

「あ、あ、あ……っ!!」

奥深くまで貫かれ、香は二度目の精を放っていた。

ぐったりと鷲生に寄りかかる。

その背に鷲生の腕がまわってきた。ぎゅっと抱き締められると、ひとつになっているという実感が湧き起こった。

香は自ら鷲生の唇に口づけた。

体内でぴくりと彼のものが反応する。軽く揺すりあげてくる。

「……っ……」

ぞくりと快感が突き上げてきた。

「動いても大丈夫？」

囁かれ、香が頷くと、鷲生は香の腰を抱いてゆっくりと動きはじめた。

もとの姿に戻れた翌日、香は朝早く鶯生の家を出た。

近くの駐車場に停めてあった店の車でいったん自宅へ帰り、身支度を整えて店に行くと、すぐに開店の準備をはじめた。

結局、数日休んだだけで復帰できたことになる。

(長く休まなくて済んで、本当によかった)

昨夜いろいろありすぎたせいで疲労感はあるものの、ひさしぶりに自分の手で花の世話ができることが、楽しくてならなかった。

明日には、市場へ新しい花を仕入れに行こうと思う。

「よっ」

と、朝一で顔を出してきた男がいた。

「鶯生……っ」

今朝ベッドで別れてきたばかりで、ちょっと照れくさい。

——もう行っちゃうの？

起きあがろうとした香の手を握り、そう囁いてきた別人のように甘い声を思い出し、顔を見ただけで頬が火照る。

「け……今朝は早いな」

「おまえのことが気になって」

さらりと鶯生は言った。

「どう？　困ったことない？」

「うん。大丈夫。いろいろありがとうな」

「もうそれはいいって」

彼は笑った。

「それより、花束つくってくれる？」

「え……？」

香は耳を疑った。

鶯生は、また誰かとデートするつもりなんだろうか？

あんなに誓ってくれたのに、それとこれとは、彼の中では別……ということがあるだろうか。

（俺がいるのに？）

（あ、でも家に花を持って帰ってくれるように、昨日言ったんだっけ）

結局、花束をつくる前に香が誘拐されてしまったので、それどころではなくなってしまったのだけれど。

鶯生はそのことを言っているのだろうか？

「あの……家に持って帰るやつ？」

と、香は聞いてみる。

「何言ってんの」

鶯生は笑った。

「淡いピンクのチューリップで。帰りに寄るからさ」

と、彼は言った。そして香の耳許で囁く。

「おまえの乳首の色」

「はあ!?」

香は思わず声をあげてしまった。

「嘘、嘘。いや嘘じゃないけどさ。おまえのイメージだろ？」

にこりと笑顔を向けられ、浮き立つような気持ちになる。

花屋に花を贈るセンスはどうかと思うけれども、本当は一度くらいは、彼に花束をもらってみたかった。

「そ……そうかな？」

自分ではよくわからないけれども、そういえば昔、鶯生が褒めてくれたチューリップも淡いピンクだった、と思い出す。

「店が終わったら、デートして帰ろ」

と、鶯生は言った。

真っ赤になって、香は頷く。その視線の先で、チューリップが微笑うように揺れていた。

「てのり彼氏」小説b-Boy（'13年5月号）掲載

てのり恋人

部屋に、二人分のくぐもった笑い声が響く。

香《こう》が元のサイズに戻ってからというもの、恋人となった鶯生《おうしょう》は、ほとんど毎日のように香の家に入り浸っていた。

以前は両親と暮らしていたアパートだが、今は香ひとりが住んでいる。恋人同士がいちゃいちゃするには最適な場所だった。

鶯生はいつも会社帰りに香の店に寄り、片付けや、たまには売り子も手伝ってくれる。女受けがよすぎてちょっとむかついたりもするけれど、やっぱりとてもたすかっていた。

それが終わると、すぐ近くにある香の小さなアパートに、二人で帰る。

そして恋人同士がすることと言えば、まあ決まっていた。

「……っくすぐったいって……、んっ……」

「乳首、硬くなってきた」

粒の根もとから舌をあてながら、鶯生は言った。

「……っあっ……！」

舌先で転がされ、軽く歯を立てられて、香は声をあげてしまう。鶯生は小さく笑った。

「気持ちい？」

「……っ……あ」

「な、小さかったときと今と、どっちのほうが感じる？」

「……は……っ？」

一瞬、よくわからなかった問いの意味が、理解できた途端、頬《ほお》が熱くなる。

「ば……っか」

「一緒？　でもだいぶ違うだろ？　こう、一度にふれる面積とかさ。あれくらい大きさが違うと細かく弄《いじ》ってやれなかったし」

「……そりゃ……」

されるときの感覚はだいぶ違う、けど。

「どっちが感じる？」

「……んなの、一緒だって……っ」

「こんなに大きさが違っても、感度は一緒なんだ？」

「ばか……っ」

物理的なことより、好きな人にさわられているという感覚が、気持ちよさに繋《つな》がるのだと思うのだ。なのに、鶯生は、

「下はどうかな？」

などと布団に潜り込んでくる。

「はあん……っ」

勃《た》ちかけた先端の部分にいきなりキスされて、つい変な声を漏《も》らしてしまう。口を押さえても遅い。

「ここはどう？　爪楊枝《つまようじ》みたいだったときと、今と」

「お、まえな……っ、爪楊枝、って……っ、そんな細くな……っ」

キスを繰り返され、喘《あえ》ぎながら抗議すれば、

「じゃあマッチ棒」

「それじゃ、かわんね……っ」

「ああ……勃ってくるとシメジくらいはあったかもな。な？」

鶯生はふざけて性器に向かって話しかけている。

「ちょっ、ばかにしてないか!?」

シメジサイズだったのは過去の話で今はちゃんと人並みに――そう言おうとしたときだった。

「ふあ……っ」

ぱっくりと咥《くわ》え込まれてしまう。鶯生の口腔《こうこう》が熱い。舌を押しつけるようにして喉《のど》まで含まれ、自然に腰が浮き上がった。

「あっ、あぁっ、あっ――」

シーツをぎゅっと握り締め、膝《ひざ》を立てて、されるがままになる。溶けるような快感が全身を包み、すぐにでもいってしまいそうだった。

それだけでも翻弄《ほんろう》されていたのに、鶯生は後ろにまでふれてきた。いつのまにローションを絡ませたのか、濡れた指は入り口の襞《ひだ》をたどり、ゆっくりと香の中へ侵入する。

「ひ、……っやぁ……っ！」

「ココは……」

香の中を探りながら、鶯生は囁《ささや》いてくる。

「比べようがないか。今じゃないと弄れないもんな。小さかったときは小指も入んなかったし」

「ばっ……あ、あぁ……っ」

ぐちぐちと中を掻《か》き混ぜる指は、やがて二本になる。セックスするようになって日は浅いのに、鶯生によって香のそこはすっかり開発されてしまっている。ぞくぞくして震えが止まらない。

「やら、あ、あっ、鶯生……っ、……」

「中、気持ちい？」

「あぁ、や、ああ、あ……っ」

あっけないほどすぐに絶頂が見えはじめ、香は首を振った。このままでは自分だけ先にいかされてしまう。

「裏側舐《な》めながら、中のココ、さわったら……」

「あぁン……っ！」

自分でも信じられないような声とともに、背中が撓《しな》る。辛《かろ》うじて達するのは堪《こら》えたものの、身体ががくがくと震えるのは止まらない。

（だめ、……だ、気持ちい……っ）

「や、あ……も、いく、イく……っ」

「イっていいよ」

「や、あ、あ……！」

再び頭から咥えられ、音を立てて吸い上げられる。香は堪えようとしたが、まるで我慢できなかった。

「ひあ、あああ……っ」

思い切り鶯生の口の中に吐精《とせい》してしまった。鶯生はぐったりとシーツに身を沈める香を覗《のぞ》き込んできて、脳天気に問いかけてくる。

「気持ちよかった？」

香はその綺麗《きれい》な顔を、きっと睨《にら》んだ。

「ご機嫌斜め？　悦《よ》くなかった？　じゃあもう一回」

「ばか」

再び覆《おお》い被《かぶ》さってこようとする鶯生の頭を、ぱこ、と軽く叩《たた》く。

「そうじゃなくてっ……」

気持ちがよかったかよくなかったかで言えば、凄《すご》く悦かったけどっ。むしろ一回一回するたびに気持ちよさが深くなっていくようで、怖いくらいだった。——って、だから、そういうことじゃなくて。

「俺ばっかイくのやなんだって……っ」

「一緒にいきたかったって？　可愛《かわい》いこと言うね」

「ちっ、ちがっ」

（……違わないけど）

かあっと赤くなった顔を隠すように、香は起き上がった。そして鶯生の脚の間に座り込む。

「え、何？」

「俺もする」

「ええ？」

「小さかったときはしたことあっただろ！」

鶯生の驚いた声を尻目《しりめ》に、香は彼の股間《こかん》に顔を伏せていく。そこは既に芯《しん》を持って頭を擡《もた》げていた。

舌先で括《くび》れの部分をぺろりと舐める。

「……っ、ん」

鶯生が息を呑《の》むのが誇らしい。感じてくれている証拠のような気がした。

前にしたときは小さかったから、ぺろぺろというより、ちろちろという感じだった。でも今はもっとずっと広範囲を一度に舐めることができる。それに今は、前はできなかったことをしてやることもできるのだ。そう、咥えるとか。

香は唇《くちびる》をめいっぱい大きく開け、先端からぱくりと口に含んだ。

(……でかい)

元の姿に戻っても、一度に全部咥えきれないなんて、悔しい。せめてできるだけたくさん、と出し入れしながら少しずつ深く、喉の奥まで挿《い》れていく。

「んんっ……」

「……っ……は」

鶯生の吐息が聞こえた。

「……気持ち……」

と、呟《つぶや》きながら、

「でも、無理すんなよ……」

頭を撫《な》でて気遣ってくれる。大きなものを咥えるのはたしかに苦しい。でもちゃんとしたかった。

それに苦しいだけじゃなくて、先っぽで喉の奥を突《つ》かれると、何故《なぜ》だかぞくぞくするのだ。そして後ろの孔《あな》が勝手に引き絞る。

「ん、んんっ……ふぁ……っ」

なんで咥えているだけの自分のほうが喘いでいるんだろう?

そんな葛藤も知らずに、鶯生は尻を撫でてくる。口淫《こういん》に合わせるように両方の尻たぶをやわやわと撫でまわされ、ますますたまらない気持ちになった。

(それ、やめ)

尻を振ってやめさせようとするけれども、放してはくれなかった。

「んんっ」

(……中が……)

なんだかずきずきする。抗議のために口内のものを吸うと、鶯生は小さく息を詰めた。

「……っ香、いく、から……」

放せ、と暗に言われたが、香は敢《あ》えて更に深く咥えた。

「出していいの？」

それに応えて吸い上げる。上で再び息を詰める気配がしたかと思うと、喉の奥に熱がひろがった。香はそれを一生懸命飲み下す。

「……っ……」

涙目になりながらようやく唇を放すと、すぐに押し倒された。視線を落とせば、鶯生のものはまた頭を擡げかけている。

（……今いったばかりなのに）

鶯生はそれを更に軽く扱いて完勃ちさせ、コンドームを被せた。たまにはなしでもいいのに、と香は思うが、女性慣れしているせいか、鶯生はこういうところは律儀だ。

脚を抱え上げられる。

「……なんかここ、ぱくぱくしてんな……？」

鶯生は指で孔を広げようとする。つい先刻ぐずぐずになるほど慣らされたそこは、もう何もしなくても受け入れられそうなほど——というか、挿れて欲しくてたまらないみたいにひくついていた。

「見んな、って……っ」

「凄《すげ》え可愛いのに」

思わず殴《なぐ》ると、ようやく後ろにあてがってくる。香は促すようにその背に腕を回した。

セックスが終わると、ベッドの中で他愛もないことを話ながらごろごろしたり、じゃれあったりしているうちに、眠りに落ちる。

どうかするとそのまま次がはじまってしまったりすることもあるが、香はそういう時間が大好きだった。

「二十二時三十六分……」

鷲生の腕でなかばうとうとしかけていた香は、彼の呟きで引き戻された。彼は自分のスマートフォンを取り上げて言った。

「そろそろ起きないと」

「……帰んのか」

「んー。今週一回も帰ってないからな……。さすがに日曜日ぐらいは」

明日の日曜日、鷲生の会社は休みだが、香は花屋の仕事がある。昼間アパートにいても相手をしてやることもできないので、鷲生は自宅へ帰っていることが多かった。

（やっぱ、休みが違うのって不便だよな）

一緒に遊びに行くこともできないし。

泊まれば、香がいいと言っても店を手伝ってくれるから、鶯生には休養日がなくなることになるのも気になっていた。それでも、帰宅させてあげたほうがいいのはわかっているのに、いざ帰ってしまうとなると寂しくて、香は少しばかり不機嫌になってしまう。

（こんなに毎日のように入り浸るくらいなら、いっそ引っ越してくればいいのに）

便利な場所にあるとはいえ、成人した男が実家に住み続けるよりは、出たほうが自然なくらいだと思うのだ。引っ越してくる先が、男の恋人のアパートだということはともかく。

そうすれば、休みが合わなくても一緒にいられる時間は増えるかもしれない。

提案してみようかとは何度も考えてはいるのだが、断られたらと思うとなかなか口には出せないままだった。

「な、一緒に風呂入んねえ？」

ぐだぐだと考える香の気分に気づいたのかどうか。鶯生は言った。

「え、一緒に？」

「洗ってやるからさ」

「じょ、冗談……っ」

「なんでだよ？」

鶯生は首を傾《かし》げる。

「前、一緒に入ったことあるだろ？　あのときは隅々まで洗わせてくれたじゃん」

「そっ、それは小さかったときのことだろ……！」

「元に戻ったらだめなの？」

「だめ……！」

「どうして？」

「どうしてって……っ、は、恥ずかしいだろ……っ」

男同士で何を言っているのかと思わないではないけれども。

でもやっぱり恥ずかしいものは恥ずかしいのだった。貧弱な身体《からだ》を、明るいところで恋人に見られ、更に洗われたりするのは。

サイズが小さければ細かいところなどよく見えないだろうけれども、元のサイズに戻ってしまえばそうはいかない。

「明るいところでやったことだってあるじゃん」

「それはおまえが電気消してくれなかっただけだろ……！」

明るいところでしたというより、羞恥《しゅうち》責《ぜ》めされたのだ。

「けっこう感じてたくせに」

もうごめんだと思うのに、鷲生はそんなことを言う。ついまた手が出てしまう。

鷲生はようやく諦めたようだった。ごろりと横になって、小さく舌打ちする。

「やっぱ小さかったとき、もっとじっくり見ておけばよかったかなあ」

「……って……どうせよく見えないだろ、小さいと」

「そこはほら、ルーペとか使ってさ」

「っ、変態っ……！」

香は思わず声を上げたが、鷲生は笑うばかりでちっとも堪えていないらしい。

「考えてみると、ちょっともったいなかったよな。こんなに早く元に戻るんだったら、もっといろんなことやっておけばよかった」

「い……いろいろって、たとえば」

「コスプレとかさ。せっかく選《よ》り取り見取りだったんだから、妖精さんのドレスだけじゃなくて、いろんなの着せてみたかったな」

「それ女装ってことだろ!?」

何しろ人形の服には男物がほとんどなかったのだ。

「だからじゃん。今だったら絶対着てくれないだろ？　服もないしさ」

「あたりまえだ」

っていうか、小さくたって着ないけど。

「見たかったなあ。白衣の天使のおまえとか、ＣＡ姿とか、ウエディングドレスとか」

「え」

つい反応してしまう。

「きっとすっごい可愛かったのに」

「……ばか、何言ってるんだよ」

鶯生は微笑《わら》う。

「あとやっぱセーラー服だよな。制服の裾《すそ》を捲《まく》るのって男の夢じゃん？」

「あんなちっちゃいのスカート捲って楽しいのか？」

「そりゃ楽しいっしょ」

と言いながら、布団をちらっと捲る。その下にある香の身体は、勿論《もちろん》全裸だ。香は反射的にばっと端を押さえた。

「こら……！」

「暴力反対」

軽く手を振り上げると、鶯生は両手でブロックして笑う。

「ほら、ちっちゃかったらこういうのもないわけだしなあ。殴られても痛くないし、怒られても可愛いだけだし、ぱぱっと捕まえて着替えさせることだって」

鶯生は、どこかうっとりと小さい香の夢を語る。小さくたって人形じゃないのに、と思うのと同時に、まるで小さかったほうがよかったとでも言いたげな鶯生の口振りが引っかかる。なんとなく面白くなくて、香は鶯生に背を向けて、布団の中に潜り込んだ。

「香?」

(そんなに小さいほうがいいなら、リカちゃん人形でも抱いてればいいだろ……っ)

と、胸の中で悪態をつく。

「……香?」

鶯生は布団の上からふれ、何度か声をかけてくる。それでも顔を出さない香に、彼は吐息をついた。

「ごめんな、調子に乗って言い過ぎた」

軽く香の頭を撫で、布団から出て行く。風呂場のほうへ向かった足音を聞きながら、香は先には立たない後悔をした。

(……ばかだ)

小さかったときの自分に嫉妬《しっと》するなんて。

遠く響くシャワーの音を聞きながら、香はいつのまにか寝入っていた。

＊

「あれ？　香？」

鷲生が風呂から上がってきたとき、寝室に香はいなかった。

ダイニングキッチンや、ポプリ用の花びらが置いてある、ふだんは使わない奥の間も覗いてみたが、やはり姿は見えない。

「店にでも行ったかな？」

それにしては、もう十一時を過ぎている。何か仕事上のトラブルでもあったのなら、可能性はないではないけれども。それとも、菓子かジュースでも欲しくなってコンビニに行ったとか？

（香はあんまりそういうタイプじゃないんだけどな）

などと思いながら、何気なく掛け布団を捲り、鷲生は心臓が止まりそうになった。

「こ――香……っ」

そこには、ぴったりとあわせた両手を枕にすやすやと眠る、人形サイズの香がいたのだった。

（ま……また小さくなってる……！）

鶯生は動揺せずにはいられなかった。

とはいうものの、二度目でもあり、以前は短期間で元に戻ったことでもあるので、危機感は小さい。

単純な感想は、

（やっぱすっごい可愛い……！）

だった。

鶯生は眠っている香を覗き込んだ。

（こんなに小さいのに、睫毛《まつげ》とかちゃんと生えてるんだよな……。爪《つめ》とかも、ほんとちっちゃいのにちゃんとくっついてて、桜貝みたいなピンクで）

人形のように皮膚《ひふ》の部分と同じ材質ではなく、別々のパーツとして存在しているのだ。

指先でそっと髪を撫で、小さくなってもやわらかくまるい頬にふれてみる。唇も薄紅色で、乳首も――

「ん……」

香が小さく身じろぎし、瞼《まぶた》を開けた。そして鶯生を見て、ふにゃりと微笑《ほほえ》む。

「……帰らなかったのか……？」

ぼんやりと呟いた直後、違和感に気づいたようだった。ふいに目を見開く。

「おはよう」

とりあえず鷲生が挨拶《あいさつ》すると、香は飛び起きて周囲を見回した。

「……っ……こ、これって……っ」

「また小さくなっちゃったみたいだな」

「やっぱり……!?　なんで!?」

「なんでだろうな」

パニックを起こす香の頭を撫でる。涙目になっている香を少しでも慰めたかったのだけれど。

「……やっぱ可愛いな」

と、つい漏らしてしまう。つぶらな瞳に涙が浮かんでいるのを見れば、舐め取らずにはいられなくなる。

目許《めもと》にキスすると、香はまた飛び上がりそうになってしまった。

「！！！」

「キスするとそのまま食っちゃいそうだな」

「鷲生っっ！」

「前のときはさ、つきあってなかったから、こういうことあんまりできなかったじゃん。せっかくだから、今やっていい？」

「なっ……！　そんな場合じゃ、わっ」

鶯生はてのひらで香を包み、そっと持ち上げる。ぺろりと胸のあたりに舌を這《は》わせると、香は声をあげた。

「ちょっ……あっ」

そのときになってようやく香は自分が裸だと気づいたようだった。

「やだ、降ろせよ……っ」

「ん。ちょっとだけ」

苛《いじ》めるつもりはないのに、可愛すぎて手を離せなくなる。抗議はほとんど聞き流すかのようになってしまう。

「やめろって……！」

「ほんとに小さいなあ」

などと言いながら、鶯生は舌先を尖《とが》らせて、そこをちろちろと舐めた。

「あ、あ……！」

「あ、ほら、両方いっぺんに舐めれるよ？」

「やあ……っ」

ざらりとぬめる舌で、両乳首を捉える。両方を一度に舌で弄るのは初めてのことだった。いつものように細かい愛撫《あいぶ》ではないけれど、香は小さな身体を震わせる。

「あ、あ……っ」

「気持ちい？」

「……っなんか、変……っ」

「そ？　けっこう悦さそうだけどなあ？」

鶯生はついでに臍《へそ》の窪《くぼ》みをくすぐり、また乳首に戻って、首筋まで舐めあげる。

「やだ、それ……っ」

「そ？　でもこっちは嫌がってないみたいだけどな？」

下のほうに指でふれれば、香のそこは可愛らしく凝《しこ》っていた。鶯生は勃《た》ちかけたものをそっと撫で、人差し指と親指で摘《つま》み上げる。

「ひあ……っ！」

びくんと香の腰が跳ねた。

「あ、ごめん。もしかして痛かった？」

「……痛くは、ないけど……」

「よかった」

これだけ大きさが違うと、力加減には細心の注意を払わなければならない。

「ちょっと間違ったら、潰しちゃいそうだな」

「ひっ――」

ふざけて軽く力を込めただけで、香は息を呑んだ。けれども鶯生の指のあいだで、香のそれはむしろ重さを増している。体積に比例したほんのわずかな変化だが、たしかに感じるそれが愛《いと》しい。

「感じちゃった？　潰されると思ったら感じるとか、けっこうMなんだ」

「な、わけないだろ……っ」

「そ？　でも硬くなってきたけど」

指で挟んだ先端を舌先でつつく。

「ひ……やぁ……っ」

「いや？」

「やだ、あっ、あっ」

「じゃあ、こっちは？」

尻の双丘のあいだに舌を割り込ませ、後ろの孔を舐めてみる。

「ひぁっ――」

孔は位置さえもしっかり捉えることが難しいほどの小ささだった。それを探して何度も舌を往復させると、両乳首より近いだけに、その意図がなくてさえ前も後ろも刺激してしまう。香は泣くような声をあげた。

「あ、あん、あんん……っ」

ひくひくしはじめると、ようやくはっきりと場所がわかる。鷲生は見つけた孔を、舌先でしつこいほど突いた。

「あっ、あっ、あっ――」

同時に袋や裏筋まで嬲《なぶ》ることになり、香は感覚を逃がすこともできないようだった。身体を包む鷲生の指を摑《つか》んで伸び上がり、逃れようとするが、まったく力が入っていない。

「入らないのが残念だな。……小指とか無理かな」

「……っ」

ふるふると香は首を振った。

「む、無理……っ、絶対……っ」

「そ?」

孔に小指を押し当てる。勿論、本気で挿れる気などないが、香はびくりと身体をひきつらせた。

「ごめん、冗談」

怖がらないで、と囁きながら、でもふと思いついてしまう。

「――でもさ、香」

「え……？」

「これなら挿入《はい》るんじゃないかな……？」

手にしたのは、花屋でアレンジメントにメッセージカードなどを挿すときに使うスティック棒だ。クリスマス仕様の飾りをつけるために持って帰ったものが、炬燵《こたつ》の上に出しっぱなしになっていた。

ほどよく細く、先のほうはまるくなっているし、さわってみた感じではバリもない。

「はあっ？　なな何言って……っ」

逃げ出そうとする香を捕まえたまま、鶯生はスティックを舐める。これ見よがしにたっぷりと唾液《だえき》を絡めたあと、後ろの孔に押し当てた。

「……痛かったら言って」

「痛いって、そんなの痛いに決まってるって……！　やあぁ……っ」

先端のまるい部分が、入り口をゆっくりとくぐっていく。こんなに小さいのに、いやらしくて目が離せない。

「あ、あ……っ、あ……!!」

一番太いところが挿入ってしまえば、あとはつるりと呑み込んでいく。そのあたりは性器を挿れるときとかわらない。ただ、じっくりと観察できるのがたまらなかった。続けてゆっくりと棒の部分を挿し込んでいく。

「やだ、あ、あ、入る……はいっちゃう……っ」

香は孔を窄《すぼ》めて拒もうとしているようだった。けれどもなめらかに濡《ぬ》れたそれの侵入を防ぐことは不可能だった。

「痛い?」

「……っ……」

問いかけに、香は微《かす》かに首を横に振った。

「……でも、怖い……」

「ごめん、そっとするから」

痛い、と言われればやめてやるのに、それはわかっているだろうに、嘘《うそ》は言えない正直な香が可愛い。

スティックの先で、香の中を探る。下手《へた》なことをするとやわらかい肉を突き破りかねないので、慎重の上にも慎重に。

（このへん、かな）

腹側の浅いところを、そっと擦《こす》る。

「んああ……っ」

途端に香が仰《の》け反《ぞ》った。腰《こし》が浮き、小さいペニスが突き出されて揺れる。

「凄い……可愛い」

その愛らしさに誘われるように、鶯生はそこへ口づけた。

「ひあ……っ」

香自身の恐れとは裏腹に――それとも却《かえ》って煽《あお》られるのか、香のそれは蜜《みつ》を漏らしはじめていた。

「――苦いの出てきたかな……？　――いきそう？」

「んん……っ」

「いっていいよ？」

香はまた、首を振った。

「そっか。ここより奥のほうが好きなんだったよな？」

「や……ああっ」

鶯生はするするとスティックを奥へ進めた。その先が、こつんと壁に当たって止まる。

「あああっ……！」

いつも挿入するとき鶯生の先端が抉《えぐ》る、直腸の一番奥のところだ。

「ここ、好きだよな？」

「やだ、鶯生っ……そこ、いや、あ……」

香は鶯生の指をぎゅうっと握り締めて堪える。鶯生はできる限りそっとスティックを回し、こつこつと奥をつつく。

「んんん……っ！」

中のスティックは、ひどくきつく締めつけられているようだ。いつも自分が挿入したときにされるように。

自分のものを挿れているときは絶対無理だが、今挿入っているのは透明なスティックだ。どうなっているのか見えるのではないだろうか。

（……中、見えないかな）

ふと思いつくと、我慢できなくなった。

鶯生は、炬燵の上に放ってあった車の鍵《かぎ》を取り上げた。これには家の鍵などと一緒に、キーホルダーライトがついている。本来なら、暗いところで鍵穴などを探すのに便利なのだが。

鶯生は、その灯《あか》りを懐中電灯のように使って、香の窄まりに照射した。

「な、何やってんだよっ、やだ、見んなっ……！」

途端に香が暴れ出す。

「ああ……やっぱ奥までは見えないな。でも、入り口のところがやらしい……。中、ピンク色になってスティックに吸いついてるのがわかる」

「ばか……っ、も、やめろって……！」

「凄い……うねってるよ。気持ちい？」

「言うなって……！」

「やっぱ見られてると感じるんじゃね？」

ふるふると香は首を振った。

「も、やめろってば……っ、……や、やめないと、絶交だからな……！」

香の猛抗議に、鶯生はしぶしぶライトを消した。もっと見ていたかったが、絶交されてはたまらない。

けれど先端を咥えれば、先走りが濃さを増しているのが舌にはっきりと感じられ、唇が綻ぶ。

鶯生は少しだけ強くスティックを押し当てて奥を圧迫し、同時に吸い上げた。

「……っ……ああっ——！」

その瞬間、香はほんの雫《しずく》のような体液を吐き出して、昇りつめていた。

はあはあと喘ぎながら、ぐったりと鶯生の手に身を預ける。そのよるべないようすは、ひどく可憐《かれん》で可愛らしい。

「気持ちよかった……？」

「い……いいわけないだろ……！　そんな冷たいのじゃ、却ってこう」

「う？」

問い返すと、香は真っ赤になって顔を背ける。

「なんでもないっ」

その表情で、ぴんときた。

「――もしかして、却って疼《うず》く、とか」

「ち、ちがっ」

「なんなら、もう一回やる？」

髪を親指で撫でながら問いかけると、香は頭を振ってその手を振り払った。

「違うって言ってるだろ……！　さわんなっ」

涙目で鶯生を見上げてくる。

「人の気も知らないで……！」

「え……？」

「おまえ、だいたいなんでそんな脳天気なんだよっ？　またこんなんなっちゃったのに、ちょっとは心配するとかないのかよ……！」

（ああ……）

香の不安な気持ちが伝わってくる。それは鶯生自身にもないわけではなかったし、またこんなことになってしまった香のことが心配でないわけがなかった。けれども、それを口にしても、元に戻る手段が具体的にあるわけでもないのだ。

「だって、きっとすぐ戻るって」

鶯生は、できるだけ香を安心させるように微笑を浮かべた。

「前もそうだっただろ？」

「だけど、そんな保証がどこにあるんだよっ。そんな簡単に考えてるなら、おまえも小さくなってみろよ！」

腹立ちまぎれに香がそう叫んだときだった。一瞬、真っ白な光に包まれたような気がして、目が眩《くら》んだ。

「うわっ……!?」

「え、え？　鶯生……っ!?」

霞《かす》んでいた視界は、すぐに鮮明さを取り戻していく。

鷲生の前には、呆然《ぼうぜん》と目を見開く香がいた。そしてその目線は、鷲生と同じ位置にある。

鷲生は自分の身体を見下ろし、香と見比べた。手を伸ばして合わせれば、わずかばかり鷲生のほうが指が長い。

つまり、たしかに二人はほとんど同じ大きさになっていた。

「お……おまえ、どうして……！」

「なんか、俺まで小さくなっちゃったみたいだな……」

鷲生は呟いた。

香は狼狽《うろた》え、なかばパニックを起こしているようだった。

「な、なんでこんな……俺があんなこと言ったから……？　あの占い師の呪いがまだ残ってるとか……」

「まさか」

裏腹に、鷲生はそれなりに落ち着いていた。

めずらしさに周囲を見回せば、今まで見たことのない情景がひろがっている。ベッドも枕もサイドボードの時計やティッシュケースまで、何もかもが巨大だった。

「おまえの見てた世界ってこんなんだったんだな」

「鷲生……」

「凄いな。何もかも大きくて……映画のセットの中にでもいるみたいだ」

「鶯生……っ、何言ってるんだよっ」

「CATSの猫になったみたい、とか思わねえ？」

「CATSの猫……」

香がきょろきょろと周囲を見回す。不安ばかりだった香の瞳に、好奇心の煌《きら》めきが見えた気がした。

「……言われてみれば……」

「元に戻る方法がわかるわけじゃないしさ、楽しんだほうが得じゃん？」

香の頭を撫でて、鶯生はベッドの上に立ち上がった。そして弾みをつけて、軽く跳ねてみる。

「鶯生……っ？」

「な、これトランポリンみたいだと思わね？」

「おまえ、ふ、フリチンでそんな……っ」

思えば大きかったときの服はすっかり脱げてしまい、二人とも裸だ。頬を染めて目を逸《そ》らす香が可愛い。

別に裸でもかまわないとは思いながらも、鶯生は何か服のかわりになるものはないかと目で探し、枕元のティッシュペーパーを見つけた。いつもなら簡単に引き出して使い捨てているそれを、両手で握り、体重をかけて引っ張り出す。

「よっ……と」

出した瞬間、バランスを崩してベッドに転がってしまった。

（小さいってやっぱけっこう大変なんだな）

そう思いながら、適当に腰に巻きつけ、同様にもう一枚取って香に着せてやった。左脇《ひだりわき》の下からくぐらせて、右肩の上で両端を結ぶと、簡易ワンピースができあがる。

「可愛い」

にっこりと笑いかけると、香は照れたような顔をしながら、鶯生を睨んだ。

「なんで俺だけこんなんなんだよ？」

鶯生は腰に巻いているだけなのに、自分だけまるでワンピース姿みたいになっているのが気に入らないらしい。

「え？　乳首出してたいの？」

「ち、ちがっ、そうじゃなくて！　だいたいおまえだって出してるだろ！」

「俺は平気だからさ。でもおまえが乳首まる出しにしてたら俺、ガン見するけど。いい？」

「な……っっっ、い、いいわけないだろ……！」

香は真っ赤になって絶句した。そしてふいと顔を背ける。

「も、いいっ、このままでっ」

「ははは」

鶯生は笑って、ほら、と手を差し出す。香がつられるようにその手を取ると、強く引き起こした。

「おまえもやってみろよ」

と、跳ねてみせる。

「え?」

「ほら!」

「う、うん……」

香は促されるままにベッドの上で飛び、目を見開いた。その表情が笑顔に変わる。

「な? けっこう楽しくね?」

「うん……!」

二人して笑いながら、何度も高く飛び上がる。普通のサイズだと、トランポリンで跳ねるなんてなかなか簡単にできることではないけれども、この大きさなら可能だ。ベッドのスプリングは小さくなった二人にとって、ちょうどいい遊び場だった。

「見て見て」

鶯生は勢いをつけて飛び上がり、空中でくるりと一回転してみせる。香は目を見開いて、拍手してくれた。

「凄い！　凄いじゃん……!!　こんな芸、できたんだ……！」

恋人に褒められて、鶯生は有頂天になる。調子に乗ってバック転までしてみせた。もう十年ぶりに近い暴挙で、成功して本当によかったと思う。

「俺もやってみる」

「えっ？」

香の言葉に、鶯生は思わず眉《まゆ》を寄せた。むやみに試みて怪我《けが》でもしたらどうするのか。けれども止める間もなく、香は飛び上がる。数回弾みをつけたあと、思い切って空中で前転しようとする。けれどもそう簡単にはいかなかった。

「っ痛う……」

ベッドの上をバウンドして、香はころころと転がった。

「大丈夫か？」

鶯生は香の傍《そば》にかがみ、覗き込んだ。

「うん……。やっぱいきなりやっても無理か」

ベッドがやわらかかったおかげで、たいしたダメージは受けずに済んだらしい。鶯生はそっと胸を撫で下ろす。

「でも、小さいなら小さいなりの楽しみって、あるんだな……」

前のときは全然余裕がなくて気づかなかったけど、と香は呟いた。

鶯生は傍に腰を下ろし、香の頭を撫でる。

「そういえば、昔一緒に遊園地のトランポリンで遊んだことあったよな」

「ああ……なんか懐かしいな」

子供の頃は、どこへ行くにも一緒と言っていいくらい、香と一緒に遊んでいたのだ。高校、大学、やがて社会人へと成長していくにつれ、そんなこともなくなっていったけれど。

なんだかひどく懐かしかった。

「なんかさ、こういうの、ちょっとデートみたいだと思わない？」

「デート……？」

「最近、一緒に遊ぶとか滅多になかっただろ。このサイズだと、家の中でもけっこう遊びがいがあるよな」

香をできるだけ安心させたくて明るく振る舞っていたけれど、実際かなり楽しかった。

「鶯生……」

香の手を引いて、もう一度立ち上がらせる。

「せっかくだから、もうちょっと遊ぼう?」

もっとやってみたいことがあるんだ、と鶯生は言った。

*

(……って言ったって……)

どうやってベッドから降りるのかと思えば、鶯生は掛け布団を摑むと、それをロープのように使ってずるずるとすべり落ちていった。これならダメージもなく下までたどり着ける。

「なるほど、こうすればよかったのか……」

意外と簡単なことだったのだと気づくと、なんだかちょっと悔しい。

鶯生に促され、香もまた同様に下へ降りると、今度は炬燵によじ登る。天板の上の籠に蜜柑《みかん》を発見し、皮を協力して剝《む》いて食べた。ひとりが押さえておき、もうひとりが皮を引っ張るのだ。

そのほかにも、チョコレート、クッキー、煎餅《せんべい》。ごく普通の菓子でも小さな身体には食べ甲斐があって、まさに「飽食」を体験した。

それから、蜜柑のヘタを使って石蹴《いしけ》りをしたり、隠れんぼをしたりして、童心に返ってひとしきり遊んだ。

(本当にデートみたいだ)

休みが合わず、二人でゆっくりしたり遊んだりできなかった不満が解消されていく。

ひとりで小さくなったときは怖くてたまらなかったすべてが、鶯生と一緒だとまるで遊園地にいるみたいに楽しかった。

鶯生の脳天気さに、ちょっと呆《あき》れながらもほっとする。もしかしたら彼は、わざとそんなふうに振る舞ってくれているのかもしれないと思う。

次に連れて行かれたのは風呂場だった。

先刻、鶯生が入ったばかりで、湯は既に張ってある。薔薇《ばら》の入浴剤のおかげで、薄いピンクに染まっていた。

鶯生は洗い場の椅子《いす》や洗面台などを伝って器用に風呂の縁まで登ると、香に手を差し出す。香もその手に引っ張られて、バスタブの縁までたどり着いた。

鶯生はティッシュペーパーの服を脱ぎ捨て、勢いよく湯船の中へ飛び込んだ。綺麗なフォームに、香はつい見惚《みと》れてしまう。

(……っていうか、やっぱり泳いでみたかったのか……)

大きかったときは、泳ぐ香をまるでガキを見るような目で見ていたくせに。

(あれってただのポーズだったんだな)

「香……!」

鶯生はしばらく潜水して、ふわりと浮かび上がった。振り向いて、香に手を振る。ふだんあまり見ることのできない子供っぽい鶯生は、ひどくめずらしくて可愛かった。

「来いよ!」

誘われれば、泳ぐのはやぶさかではない。バスタブは今の香や鶯生にとっては格好のプールだ。そのためには鶯生同様、ティッシュペーパーの服を脱ぎ捨てなければならないが――。

(し……しかたないな)

水遊びに誘惑され、香はティッシュのワンピを脱ぎ捨てた。

そして鶯生と同様に飛び込み、彼の隣に泳ぎ着く。二人は顔を見合わせて微笑った。

(一緒に泳ぐの、何年ぶりかな)

子供の頃はよく競争したものだったけれども。

そう思うと懐かしくなり、香は言った。

「ひさしぶりに競争しようぜ」

「いいけど、負けて泣くなよ?」

「当たり前だろ！」

「じゃあ何賭《か》ける？」

「賭けんのっ？」

香は正直ちょっと——ほんの少しだけ怯《ひる》んだけれども、鶯生はにっこり笑って続ける。

「そりゃ、そうじゃないと面白くないだろ？　……そうだなあ……俺が勝ったら、ひとつ何でも言うこと聞いてくれる？」

「い……いいぜ。でも、もし俺が勝ったら、俺の言うこと聞いてもらうからな!?」

「勿論」

売り言葉に買い言葉で、賭《かけ》は成立してしまう。

「向こうの端まで行って、折り返してこっちの端まで戻ってくる。ＯＫ？」

「ああ」

「じゃあ、用意、——スタート！」

二人は縁から泳ぎ出した。

ひさしぶりで、頭で思うほど身体は動かなかったが、それは鶯生も同じはずだ。思い切り手足を動かして、香は泳いだ。だが鶯生はその脇をすいと抜いて行ってしまう。

（ターンで追いつかなきゃ）

向こう岸にたどりつき、壁を蹴った。――つもりだった。

(あっ……?)

その足が、ふいにすべる。自分のサイズが変化しているためか、距離感を見誤ったのだ。沈みかけた瞬間、湯を飲んだ。

「ぐっ、げほっ、……っぷ」

泳ぎを見失っても、風呂の底に足が届くわけもない。焦れば焦るほど身体は言うことをきかず、ぶくぶくと溺《おぼ》れてしまう。

死ぬかもしれない、と香は思った。小さいということは、こんな些細《ささい》なことでもすぐに命に関わるということなのだ。

「ッ、香……!」

そのとき、ふいに腕を摑まれた。

(鶯生……っ)

香は必死で彼にしがみついた。

「力抜いて、大丈夫だから!」

恐怖に竦《すく》む身体はなかなか思うようにならなかったが、必死で冷静さを取り戻す。一歩間違ったら、一緒に溺れてしまう。鶯生に身を委ねようとする。

鷲生は香を抱えたまま少し進み、どこかに捕まった。薄目を開けてみれば、風呂の縁に置かれた観葉植物の、鉢《はち》から垂れた茎だった。

それを伝い、鷲生は香をバスタブの縁まで引き上げてくれた。

「……死ぬかと、思った」

香は何度も咳《せき》を繰り返しながら、呟いた。

「俺もびびった。やっぱ足のつかないところで泳いじゃだめなんだな。家の風呂とはいえ……」

冗談だかなんだかわからない言葉に、笑ったらいいのか納得したらいいのか。自宅の風呂で溺《でき》死《し》するなんて、そんな死にかたをしなくて済んで、本当によかった。

「……でも、よく気づいたな。俺が溺れそうになってるって」

「横見たらいないからさ。追ってくる気配もないし、慌てて泳ぐのやめて振り返ったらおまえが沈みかけてて、心臓止まるかと思った」

「そっか……」

たすけてもらった感謝とともに、自分の情けなさにちょっと泣けた。自分から勝負を挑んでおいて、途中で溺れるなんて格好悪い。

「……俺の負けだな。何して欲しいのか、言えよ」

「え、でも今のは」

「言えってば！　負けは負けだし！」

香にとっては、素直にお礼が口にできないせめてものかわりのつもりだった。……もともとの約束が、果たしてかわりになるのかは不明だったけれども。

「えっと……、ほんとに言っていい？」

「男に二言はないっ」

「じゃあ、言うよ」

もったいぶって——というか、躊躇《ためら》っているのだろうか。鶯生は口を開く。

「セーラー服、着てくれない？　人形用のやつ」

「はああっ？」

思わず大きな声が出てしまった。

「なんでそんなものがあるんだよっ!?」

「いや、実は前のときにこっそり買ってあって……」

と、鶯生は頭を掻く。

「っていうか、おまえほんと危機感ないよな!?」

「まあ……どうせすぐ元に戻ると思うからさ。そしたら着れないじゃん。着てくれるって言うんなら、どんなことしてでも調達してくるけど」

「冗談」

「だろ。それにもしそうじゃないとしても、戻す方法がわかるわけでもないし」

「そりゃそうだけどさ、でも」

「ただ、俺までこんなふうに小さくなったら、おまえのこと守ってやれないのが辛《つら》いけど……」

「鶯生……」

表情を曇《くも》らせる鶯生に、胸がきゅんと疼いた。彼は自分の身の上のことより、香のことを心配してくれるのだ。

香は鶯生の背に腕をまわし、ぎゅっと抱き締めた。

「たった今、守ってくれたじゃん……」

大きいときと違って、一緒に溺れる危険だってあったのに。

「香……」

香は鶯生の胸に、隠すように顔を埋《うず》めた。

「それ、持って来いよ」

「え？」

問い返され、ぽっと頬が熱くなる。

「セーラー服でもなんでも着てやるって言ってんだよっ」

なかば自棄《やけ》のように叫び、そっと視線を上げれば、鶯生は満面の笑みを浮かべていた。

まさかまた小さくなるようなことがあるなどとは思いもしていなかったから、以前買ってもらった人形の服やグッズなどは従姉《いとこ》の娘《むすめ》にあげることにして、香が預かっていた。そのとき鶯生に渡された紙袋の中に、セーラー服はあった。

(いつのまに買ってたんだか……)

中を確認してはいなかったから、香は今日までまるで気づいてはいなかった。

押し入れの片隅から引っ張り出してきたそれを持って、香は奥の部屋へと着替えに行った。

(引き戸を開けたままにしておいてよかった……)

閉まっていたら、今の身の上では自力で開けることはできなかっただろう。

以前は両親の寝室だったところだが、今はほとんど使ってはいない。ただ売れ残った薔薇でポプリをつくるために、花びらを広げてあるだけだ。

その芳香が満ちる中、香はしばし呆然と服を見つめた。

(……本当にこれ着るのかよ……)

サイズの合わない仔チワワ服や、もっとひらひらしていた妖精《ようせい》のドレスよりはましなのかもしれないが、リアルに見慣れたものであるだけに、却って抵抗があるような気がする。

(……もしかして鶯生は、俺が女だったらよかったとか、思ってるのかな)

女の子のほうが好きなのかな、と思い、それはそうだろうと思いなおす。何しろ鶯生は、香とつきあう前には凄い数の女性とデートし、そのたびに花束をプレゼントしていたような男だったのだ。——まあ花束は香に会うための口実だと言ってくれたけど。

スカートを見るとため息が零《こぼ》れる。とはいえ、いつまでも躊躇っているわけにもいかない。

香は紺《こん》のプリーツスカートに脚を通した。

(うう……)

妖精ドレスのときもそうだったけれども、サイズがぴったり合ってしまうところが何とも言えない。そして太腿《ふともも》が出てしまう長さのミニスカートは、更に恥ずかしかった。

「香、ひとりで着られる？」

あまりに時間がかかるのが気になったのか、鶯生が引き戸の向こうから声をかけてきた。

「……どうしても着たくないなら」

「っ、大丈夫！」

反射的に返事をして、上衣を被った。

白いラインの入ったセーラーカラーに、臙脂《えんじ》のリボンを結ぶ。男が着るには可愛い過ぎるデザインだが、起源は海軍の制服だと聞いたような気がするせいか、スカートに比べれば抵抗はずっと少なかった。

付属の白い靴下《くつした》まで履《は》いて、すっかり着替えを済ませてしまうと、香はそろそろと顔を覗かせる。

「香！」

鶯生が目を輝かせた。

驚いたのは、彼もまた制服を着ていたことだ。——そう、男子の。

「おまえ、それずるい……！」

「あ、これ？　俺だけ裸でいるのもなんだからさ。ちょっと制服っぽいだろ。ほんとはジャケットセットのシャツとズボンなんだけど。昔に返ったみたいだろ？」

「……なんか理不尽」

「ま、俺、女の子の人形のは着られないしさ」

出ておいで、と促され、香はスカートの裾をできるだけ引き下ろしながら、引き戸の陰から姿を現した。

恥ずかしくて顔を上げられないまま、ちらりと反応を窺《うかが》えば、鶯生は目を見開いていた。その頬にさっと赤が差す。

「……超可愛い」

「……そんなことないだろ」

「ほんと、凄い可愛いって。――まわってみて？」

「……っ」

なんでそんな、と思いながらもくるりとまわると、思いがけず裾がひらめく。

「わっ！」

香は焦ってそれを押さえ、座り込んだ。きっと鶯生を睨む。

「ち、違う、狙ったわけじゃ」

「ほー」

「本当だって！」

じっとりと見上げる香に、鶯生は慌てて言い訳する。

「そっち行っていい？」

「……いいけど」

鶯生はゆっくりと近づいてきて、傍に座った。香は膝が出てしまうのが気になってならない。

熱くなった頬に鶯生の手がふれた。

「……狙ったわけじゃないけど、でもさ」

「なんだよ」

「捲ってもいい？」

「！　やっぱり……！」

「そりゃ、だって男だもん」

脳天気な笑顔に、ついいらっときてしまう。

「おまえ、やっぱ女のほうがいいんだろ。俺が小さくなってよかったよな。女装させ放題で」

言うつもりのなかったことを、口走ってしまった。はっと唇を噛《か》んでも、既に遅い。

「違うって！」

鶯生は焦ったように言い訳する。

「第一させ放題ってほどしてくれてない……」

じろりと睨むと、鶯生は口を噤《つぐ》んだ。

「……あの……本当に女のほうがいいとかじゃないからな？　ちっちゃくて可愛いと、つい可愛い格好させてみたくなるってのはあるんだけどさ、それもみんな、おまえだから見てみたいんだよ」

「……俺、だから……？」

鶯生は頷《うなず》く。

「……それに、おまえのセーラー服にはちょっと思い入れがあって」

「はあ？」

「ほら、高校の文化祭の出し物で、おまえのクラス、女装喫茶やっただろ」

「ああ……そういえば」

香は、主に女子によって有無を言わさない迫力で押しつけられて、セーラー服で客引きをやらされたことがあったのだ。正直、香にとっては黒歴史なのだが。

「たまたま試着してたとき、教室の脇を通りかかってさ……すっげー可愛かった」

「え、あれ見てたのかよ……！」

今さらながらに羞恥が込み上げてくる。鶯生は頷いた。

「なのにおまえ、同じクラスのいろんなやつにふざけてスカート捲られたりしてただろ。その頃は自分の気持ちに自覚とか全然なかったんだけど、なんか凄え不愉快だったんだ」

「それって……」

自覚はなくても、嫉妬してくれてたってこと？

そう思うと、自然と頬が火照《ほて》る。

「そ……それが思い入れ？」

「……っていうか、同じクラスってだけで、高校入ってから知り合ったようなやつらに捲らせてんのに、なんで俺は捲れないのかって思ったんだよ。俺も捲りたかった！」

「……お、おまえなっ……」

どこから突っ込んだらいいのかわからなかった。

変態、って言うのと、高校時代からそんなこと思ってたのに、自覚なかったのかよ、っていうのと。

「あ、あんなの捲ってどうするんだよっ？　下には短パン穿《は》いてて、普通に体育のときと一緒だったんだぞ!?」

「そうかもしれないけど、それでも……！　……っていうか、今は穿いてないよな？」

パンツ。

「……っ……」

そこからそう来るのか、と絶句してしまう。

「……っな、ないけど、さっきまで裸で一緒に泳いでたんだぞ……!?」

パンツを穿いていないところを見て、今さら何が嬉《うれ》しいのか。

でも、鷲生は、

「捲っていい？」

と再度聞いてくる。

こく、と香は頷いた。というかもう頷くしかなかった。

「い……言っとくけど、穿いてないサービスはおまえにだけなんだからな……っ」

「うん。ありがとう」

いい笑顔で、ちゅっと頰にキスをされ、いっそうそこが熱を持った。

鶯生の手が、ゆっくりとプリーツスカートの裾を捲っていく。さっきまで裸で泳いでいたにもかかわらず、たしかに何かひどく恥ずかしかった。

膝から太腿、やがてその奥の茂みまであらわになる。剝き出しのそこに視線が痛くて、いたたまれない。

何とか言えよ、と思ったちょうどそのとき、鶯生が呟いた。

「可愛い」

「！　い、今はおまえだって可愛いだろ！」

ちんまりとした性器を揶揄《やゆ》されたようで、つい反駁《はんばく》すれば、

「そうそう。ちょうどいいサイズだよ」

鶯生はそう答えて、ふわりと香を抱き上げた。

「え、ちょっ……!?」

そして抱き下ろされたのは、ポプリ用の薔薇の花びらが敷き詰められた、籠の中だった。花びらがかさかさと音を立て、芳香がふわりと立ち上る。

「鶯生……っ」

覆い被さってくる彼に、香は意図を悟った。

「こ……こんな格好で……っ」

「いいじゃん。せっかく同じサイズになったんだからさ、やることはひとつだろ？」

鶯生はそう言って、にっこりと笑った。

＊

（まさか本当に着てくれるなんて思わなかったけど）

セーラー服を纏った香は、それはそれは可愛らしかった。人形など足許《あしもと》にも及ばない。

鶯生にとっては、高校時代からの念願が叶《かな》った思いだった。

しかもあのときと違って、香は恥ずかしそうに薔薇の花びらの中に横たわり、何をしてもいいというていで自分の手を待っている。——ように、鶯生の目には見える。

濃厚に舌を絡めあわせるキスをおえると、セーラー服の上衣の中へ手をすべらせた。なめらかな素肌《すはだ》には、当然ながらふくらみはない。ただ小さな尖りがあるばかりだ。

指先でふれると、香はびくんと身を竦ませた。

(……可愛い)

鶯生は捲りあげたセーラー服の中に頭を突っ込み、ちろちろと乳首を刺激した。

「んんっ……」

髪を引っ張る。

「そこ、やだ……」

「どうして?」

言いながら、また舌のざらついた表面を擦りつけるように舐める。

「……っあ……っ」

「気持ちよくない?」

「……ってわけじゃないけど……、なんか、倒錯的っていうか」

「ええ?　何が」

「……こんな格好で……、なのに、……おっぱい、あるわけじゃないのに……」

女の子扱いされるのが嫌なのだろうか。

(そういうんじゃないのにな)

むしろ、

「そこがいいんだろ? そのぶん乳首は敏感だし」

ちゅっと吸えば、香はまた小さく声をあげる。

「あ……っ」

「可愛い」

「変態……っ」

「ひどいな。乳首、硬くしてるくせに」

「……っふ」

「それに、こっちも」

スカートの裾から手を差し入れて、するりとてのひらをすべらせる。たしかに倒錯的だった。男に着せたセーラー服の中を探る、なんて。

でも、滅茶苦茶興奮する。

太腿をゆるゆると撫で上げ、内側へ向かう。下着をつけていないそこは、ガードするものが何もない。

「あっ……」

じかにふれると、香は喘ぎを漏らした。

「……硬くなってる」

「あ……」

スカートの下に、本来ならあるまじき可愛らしいものが、熱くなって芯《しん》を擡げている。

「ごらん」

捲りあげ、あらわにして促すけれども、香は顔を真っ赤に染めて首を振るばかりだ。

鶯生はそれをひと撫でしただけで、それ以上、そこにはふれなかった。かわりにやわやわと太腿を撫で回しながら、乳首を吸い続ける。

「っ……それ、や……っあんんっ……！」

「乳首だけでイってみる？」

問いかけると、香は首を振る。

「やだっ。やだってば……！　あんんっ」

容赦《ようしゃ》なく、じゅぶ、と音を立てて吸い上げた。

「なんかいけちゃいそうだよね」

乳首を吸うたび、びくびくと腰が浮き上がって震えるのが可愛い。いつのまにか膝が立って開き、まるで欲しがっているかのようだった。

「……中、欲しい？」

香は首を振るばかりで、恥ずかしがって答えない。可愛くて、もっと苛めたくなる。

「乳首のほうがいいんだ？」

「ひぁあっ、やぁ……っ、そこ、んんっ、ん、――っ」

さんざん吸って嬲って硬くなったところに歯を立てると、香はびくびくと身を仰け反らせた。

「……今、イった？」

「わ、わかんな……っ、けど、なんか……っ熱くて」

身体が、と蚊《か》の泣くような声で、香は答えた。

スカートの裾を引き下ろして隠そうとする。力の入っていない手からそれを無慈悲に奪い、また捲り上げれば、透明なぬめりにしとどに腹を濡らしながら、そこはまだ勃ちあがっていた。指にすくってみればさらりとして、射精したというよりは先走りだけのようにも思える。

（ドライ……ってこと？）

初めて見る。こっそりと窺えば、香は顔を真っ赤にして涙目で喘いでいた。

先端を濡らしながら反り返って震える性器にふれてしまうのも、何かもったいない気がして、
鶯生は指を後ろへ這わせる。

「……べとべとだな。こっちまで垂れてきてる」

窄まりへふれただけで、香はびくんと身体を引きつらせた。弄ってもいないのに、その孔はひくひくと求めるように開閉を繰り返す。

鶯生はそこへ指を押し当てた。

「ふぁぁ……っ……」

少し力を込めただけで、吸い込まれるように咥え込む。

「……けっこうやわらかいな、すぐ挿入った」

そんなに欲しかった？　と囁けば、香の頬が真っ赤に染まった。

あふれてくる先走りを絡めて指で中を探れば、ぐちぐちといやらしい音が零れはじめる。ベッドサイドの抽斗《ひきだし》にあるローションを取りに行くのがかなり難しい今の鶯生にとって、とてもありがたいことだった。

「んっ……！」

「ここ、いい？」

「あううっ」

「……小さくなっても、気持ちいいとこはやっぱ一緒なんだよな。……かわいい」

指を増やして深く挿れると、きゅうきゅうと締めつけてくる。

「はぁ……あぁっ……も、やだぁ……っ」

「いや？」

「や、苦し……っ、ああ……！」

「――もしかして、ずっとイってる感じ、……続いてんの？」

「わ……わかんな……っけど、奥がじんじんする……っ」

赤い頬をますます真っ赤にする。そんな表情に、――誘っているとしか思えない科白《せりふ》に、鶯生はぞくぞくせずにはいられない。

「挿れていい？」

香はこくこくと頷いた。鶯生は自身をあてがおうとして、ローションよりも大切なものがないことに、ふいに気づいた。

「――ゴムが」

しかもローションと違って取りに行けばいいというものでもない。今のサイズでは、そもそも合うものが存在しない。

躊躇う彼に、香がぎゅっとしがみついてくる。

「……香？」

「なくていいから……っ」

はやく。

我慢できたのはそこまでだった。指を引き抜き、香の両脚を抱えあげる。ひらりとスカートの裾が捲れあがる。

後ろの孔に自身を押し当て、一気に貫くと、香は艶《あで》やかな鳴き声をあげて背を撓らせた。

「あぁ、あ、あ……！」

奥までおさめたものを、きゅうきゅうと締めつけてくる。その中を、鶯生は何度も揺すり、突き上げた。

「あ、んんっ、ん、ふぁ……っ」

「中、凄いうねってる。――気持ちいい？」

「んっ――」

もう否定する余裕もないのか、香はこくこくと頷いた。その表情には、快感とともに充足感が浮かんでいる気がする。

「……っもち、い……っ、奥、あたって……っ」

「当たってるの？　ここ？」

「はあ、あ、そこ、やぁ、あぁっ……！」

「スティックとどっちがいい？」

「……鶯生の……鶯生のが、気持ちいい……」

「いい子」

額にキスをして、最奥をぐりぐりと突いてやると、綺麗に胸を反らす。セーラー服が捲れ、まるでねだるように突きつけられた乳首は、しばらく放っておかれたにもかかわらず未《いま》だ赤く尖ったままだった。

そこに唇をつけると、香の背が跳ねた。

「うあ、あ……っ！」

だめ、と首を振るのもかまわず吸い上げれば、中がびくびくと締まる。

「……鶯、生……っ、あぁぁっ――」

「んっ……ッ」

生温かいものが腹のあいだにひろがる。同時に、内襞に纏《まつ》わりつくように絞り上げられ、鶯生もまた香の中に精を放っていた。

余韻にうっとりとぼやけた視線が絡まる。

鶯生は引き寄せられるように、香の唇に唇を重ねた。

＊

「――わ……っ」

閉じた瞼《まぶた》越しにぱっと光が差した気がして目を開けると、鶯生の肩越しに見える照明器具が、ずいぶん小さく見えた。

「も……戻った……？」

香は呟いた。

それとも夢を見ていただけだったのだろうか。

周囲を見回せば、ポプリにするはずだった花びらが床に散らばっていた。つい先ほどまで、一枚で顔を覆うほどに大きかったはずのそれは、香の手の中にひっそりとおさまる。

（……夢じゃなかったみたい……？）

「香……！」

ほっと息を吐いたのと同時に、鶯生に抱き竦められた。

「んっ……」

その瞬間、軽く中を擦られて、まだ挿入されたままだったことを思い出す。かっと頬が熱くなる。

「よかった、戻って……！」

「鶯生……」

小さくなっていたときは全然平気そうだったのに、本当はそれなりに動揺していたのだろうか。そう思うと、可愛い。香を心配させないためにわざと脳天気に振る舞ってくれていたのではないかという想像は、やっぱり当たっていたのかもしれない。

「……なんでもないような顔して遊んでたくせに」

と揶揄《からか》えば、

「でも元に戻れる保証があるわけでもなかったし、やっぱほっとした」

と、鶯生は香の肩口に頭を埋めて、甘えるように擦りつけてくる。そしてちら、と視線を上げて、いい笑顔で笑う。

「ま、楽しかったけどさ。セーラー服のスカートも捲らせてもらったし」

「もう忘れろ、それは！」

香はつい声を荒らげた。

「おまえ、ほんとは俺が小さいままだったほうがよかったとか、思ってないか？」

「まさか！　思うわけないだろ」

「本当に?」

「どんなサイズでも、おまえは俺の可愛い親指姫だけどさ。小さいままだといろいろ気が気じゃないし、やっぱりこうして抱き締められる今が一番」

鶯生はそう囁くと、うっとりするような甘い微笑を浮かべて香を抱き締め、再び口づけてきた。

「ん……」

ふれるだけのキスは、何度も繰り返すうちに次第に深くなっていく。香の中にいた鶯生のものも、びくりと角度を増す。

「あ、やば。また……」

鶯生も自覚したらしい。このまま次がはじまるのならそれでも……と流されかけ、ふと掛け時計が目についた。

「そっか……終電」

「あーもう、帰りたくねえ」

鶯生は声をあげて香に抱きついてきた。

「……だったら、帰らなきゃいいじゃん」

そんな言葉が口を突いて出た。まずい、と思ったけれど、止まらなかった。鶯生を引きとめたかった。

「そんなこと言われたら、ほんとに泊まってっちゃうけど」

「だからそうすればいいじゃん」

「じゃあ、今夜だけじゃなくてずっとここにいてもいい？」

「え……」

（……それってもしかして）

香は瞳を見開く。

「俺と一緒に暮らしてくれる？」

その言葉に、香は頷いた。目を見交わして笑う。そして鶯生の背に腕を回し、ぎゅっと抱き締めた。

「てのり恋人」書き下ろし

あとがき

こんにちは。ビーボーイスラッシュノベルズさんでは二冊目になります。鈴木あみです。このたびは「てのり彼氏 ～花の蜜で愛撫～」をお手にとっていただき、ありがとうございます。

今回は、小さくなってしまう受のお話です。

受の小崎香はふとしたことからてのりサイズになってしまい、カラスに襲われて全裸で倒れていたところを幼なじみの攻、春日井鶯生にたすけられ、一緒に暮らすようになるのですが……。

前半部分は、小説b-Boyさんで「おとぎ話特集」の号に掲載していただいた作品に、加筆修正したものです。

おとぎ話……！　って言ったらこれしかないよね！　と思いました。

てのりサイズになる受の話、一度書いてみたかったのです。楽しかった！　小さい受に無体なことをするのが……！

イラストを描いてくださった、Ciel様。雑誌掲載時に引き続き、格好いい攻と可愛い受をありがとうございました。特にてのりサイズの香がもう超可愛かったです……！

担当Kさんにも、大変お世話になりました。いつもありがとうございます（笑）

読んでくださった皆様にも心からの感謝を。少しでも楽しんでいただけていますように。

それでは、またお目にかかれましたら嬉しいです。

鈴木あみ

ビーボーイスラッシュノベルズを
お買い上げいただきありがとうございます。
この本を読んでのご意見・ご感想をお待ちしております。

〒162-0825 東京都新宿区神楽坂6-46
ローベル神楽坂ビル5階
リブレ出版（株）内 編集部

リブレ出版WEBサイトでアンケートを受け付けております。
サイトにアクセスし、TOPページの「アンケート」から該当アンケートを選択してください。
ご協力をお待ちしております。

リブレ出版WEBサイト　http://www.libre-pub.co.jp

てのり彼氏 ～花の蜜で愛撫～

2014年11月20日　第1刷発行

■著　者　鈴木あみ

■発行者　太田歳子
■発行所　リブレ出版株式会社

〒162-0825　東京都新宿区神楽坂6-46 ローベル神楽坂ビル
■営　業　電話／03-3235-7405　FAX／03-3235-0342
■編　集　電話／03-3235-0317

■印刷所　株式会社光邦

Printed in Japan
ISBN 978-4-7997-2451-4